Sacha
Reise ins Glück

Von Suzie R.

Sacha

Reise ins Glück

Suzie R.

Liebesroman

C.Rieck

Helsinkierstr.69

18107 Rostock

Impressum

Carmen Rieck

c/o

Papyrus Autoren-Club,

R.O.M. Logicware GmbH

Pettenkoferstr. 16-18

10247 Berlin.

2 Auflage,

Copyright © 2016 Suzie R.

All rights reserved.

ISBN: ISBN: 9783744875486

© 2017

Herstellung und Verlag: BoD – Books on Demand, Norderstedt.

ISBN: 9783744875486

Buchcoverdesign: Sarah Buhr /

www.covermanufaktur.de

unter Verwendung von Bildmaterial von

Aleshyn_Andrei /

shutter stock.com

Lektorat / Redaktionelle Beratung

Claudia Gottschalk

http://www.spruchreif.hamburg

E-Mail: c.gottschalk@spruchreif.hambug

C.Rieck

Helsinkierstr.69

18107 Rostock

Danksagung

Damit dieses Buch entstehen konnte, brauchte ich jede
Menge Hilfe.

Ich bedanke mich bei meiner Nichte Claudia, für ihre
Zeit, ihre Geduld mit mir und für ihre praktische
Beteiligung.

Ein großes Danke geht an meine Testleserinnen,
Conny, Ines, Heike und Corina.

Und last but not least an meinen Ehemann.

Ihr seid die Besten!

Bitte folgen Sie mir:

https://www.facebook.com/profi-
le.php?id=100011166220759

INHALT

Titelei

1	SACHA	1
2	MARK	5
3	SACHA	8
4	MARK	13
5	SACHA	15
6	MARK	17
7	SACHA	19
8	MARK	22
9	SACHA	25
10	MARK	28
11	SACHA	32
12	MARK	36
13	SACHA	40

14	CHARLIE	43
15	SACHA	47
16	MARK	51
17	SACHA	57
18	MARK	62
19	SACHA	67
20	CHARLIE	73
21	SACHA	80
22	MARK	86
23	SACHA	93
24	MARK	100
25	DESIREE	105
26	CHARLIE	108
27	SACHA	112
28	CHARLIE	116
29	DESIREE	120

30	SACHA	123
31	MARK	127
32	SACHA	131
33	MARK	137
34	SACHA	141
35	CHRISTIAN	146
36	DESIREE	150
37	SACHA	153
38	MARK	157
39	SACHA	161
40	MARK	166
41	SACHA	172
42	MARK	178
43	SACHA	183
44	DESIREE	187
45	SACHA	192

46	MARK	198
47	SACHA	204
48	MARK	213
49	SACHA&MARK	219

1 SACHA

Leise zog ich die Kabinentür hinter mir ins Schloss. Die Schuhe in der Hand schlich ich den Gang hinunter bis zu meiner Kammer.

Ich dachte: >*hoffentlich begegne ich niemandem. Ich schleiche hier herum wie ein Dieb in der Nacht.* <

Ich hatte es eilig. Vorsichtig lugte ich um eine Ecke. Endlich hatte ich den Niedergang zum Unterdeck erreicht. Aufatmend schloss ich meine Kajüte auf, ging hinein, und ließ mich auf den kleinen Hocker fallen. Seit drei Wochen bewohnte ich diesen winzigen Raum. Inzwischen hatte ich mich gemütlich eingerichtet. Neben die bequeme Schlafkoje, auf das Regal hatte ich einige Bücher und ein Foto meines Vaters gestellt. Diese Reise war das vorgezogene Geschenk von ihm fürs Abitur. Heute war mein letzter Tag an Bord. Mein Blick fiel in den Spiegel. Ich sah aus wie immer. Schmales Gesicht, Pumuckl-rote Haare. Grüne Augen. Ich hielt mich für durchschnittlich. Halt ganz normal. Nichts Aufregendes. Ich beugte mich näher zum Spiegel. Das verdächtige Glitzern meiner Augen machte mich stutzig. Die Stirn in Falten gelegt, Schaute ich genauer hin. Mit der Hand fuhr ich mir durch die Haare und dachte, >*Sacha, da hast du dir einen*

Bärendienst erwiesen. Welcher Teufel hat dich geritten, dass du dich mit dem Barkeeper einlassen musstest. <

Verdammte Hacke, jetzt bekam ich zu allem Überfluss, auch noch Kopfschmerzen. Millionen Hämmerchen, hinter meiner Stirn tuckerten. Nervös kramte ich in der Tasche, nach einem Aspirin. Es mussten sich doch noch ein paar Tabletten darin herumtreiben.

>*Du solltest keinen Alkohol trinken, wenn du weißt, dass du dieses Zeug nicht verträgst.* <

Kurzerhand schüttete ich die Tasche aus. Vor mir auf dem Bett lag ein Berg von Wichtigkeiten, die Frau so braucht. Ich durchwühlte den Haufen aus Geldbörse, Tempos, Lippenstift, Haarbürste und holla, da ist es ja, mein Nähetui. Schon lange hatte ich es vergeblich gesucht. Man konnte nie wissen, ob es nicht doch einmal einen Riss oder Knopf anzunähen gab. Alles war da, nur keine Tabletten. Ich seufzte, dann musste es halt so gehen.

Also beschloss ich, erstmal zu duschen. Das warme Wasser würde mir guttun. Außerdem hatte ich unter dem Strahl Zeit, Gedanken und Gefühle zu ordnen. Ich dachte an Mark. Sofort flatterten Schmetterlinge in meinem Bauch.

Frisch, sauber, mit geputzten Zähnen fühlte ich mich besser.

Mein Blick ging zur Uhr: >*Was so spät schon!* <

Ich musste mich beeilen, wollte ich das Anlegemanöver am Pier miterleben. Wir legten in San Francisco an.

Hastig stieg ich in die Jeans. Den Wollpulli zog ich mir beim Hinausgehen über den Kopf.

"Passen Sie doch auf!"

Ein Passagier rieb sich die Schulter. Er schaute mich böse an. "Tschuldigung!"

Ich setzte meinen Dackelblick auf. Der Mann winkte ab. Ich rannte weiter.

Um mir einen guten Aussichtspunkt an der Reling zu sichern, musste ich unbedingt rechtzeitig auf dem Oberdeck sein. Ich liebte Anlegemanöver. Zu Hause fuhr ich, jedes Mal wenn ein Kreuzfahrer einlief, zum Hafen, um zuzuschauen.

An die Reling gelehnt bestaunte ich, die vorüber ziehende Stadtteile von San Francisco.

Frisco, die Stadt der Hügel, Traumstadt schlechthin. Das Schiff fuhr durch die enge Passage an der Skyline vorbei. Ich streckte die Hand aus, als wollte ich die golden in der Morgensonne glänzende Fassade eines Wolkenkratzers berühren. Was natürlich vollkommen unmöglich war. Die Häuser standen viel zu weit entfernt.

Unser Frachter steuerte Port Yerba buena, an.

Von hier aus erreichte man die City zu Fuß. Ich freute mich unbändig.

Eine Woche in San Francisco. Jeden einzelnen Tag hatte ich genau verplant. Ich wollte Cable Car fahren, mir die Lombard Street ansehen, in China Town Dim Sum essen und die Seehunde am Pier 39, an der Fisherman´s Wharf besuchen.

***

Aufgeregt kramte ich in den Tiefen meiner Tasche.
>Wo war dieses winzige Ding nur abgeblieben? <
Mit Sicherheit hatte ich die Kamera eingesteckt.
Suchend steckte ich bis zur Schulter und mit dem
halben Kopf in der Tasche. Endlich fühlten meine
Finger etwas Metallenes. Triumphierend tauchte ich, die
kleine Nikon in der Hand, wieder auf.
Ich schoss ein paar Fotos. Dabei beschlich mich ein
komisches Gefühl. Meine Nackenhaare stellten sich auf.
>Ob mich jemand beobachtete? < Verstohlen sah ich mich
um. Einige wenige Passagiere und Crew hielten sich in
hier auf.
 >komisch! < Mit Schulterzucken tat ich das Gefühl ab,
widmete mich weiter meinen Fotos und der grandiosen
Aussicht auf die Stadt.
"Schön, nicht?"
Die Hand vor meine Brust gepresst wandte ich mich
um.
"Oh Gott, Sie haben mich erschreckt!"
Vor mir stand ein älterer Herr. Er schmunzelte mich an.
"Das tut mir leid, ich wollte Sie nicht erschrecken."
Seine Hand zeigte zur Stadt hinüber: "Frisco ist
wunderschön. Ich habe mich sofort verliebt. Das war
vor vierzig Jahren. Meine Frau habe ich hier
kennengelernt.Seitdem waren wir jedes Jahr gemeinsam
hier«, wehmütig setzte er hinzu, "so ist das Leben. Die
einen kommen zum ersten Mal und die anderen, um
Abschied zu nehmen."

Zustimmend nickte ich.

"Ja, es ist auch meine Traumstadt. Hätte nie geglaubt einmal, hier zu stehen und das alles mit eigenen Augen sehen zu können."

Er tippte sich an den Hut und schritt davon.

Einigermaßen erstaunt sah ich ihm nach.

Da nahm ich es wieder wahr, dieses Kribbeln im Nacken. Vorsichtig sah ich mich genauer um, konnte jedoch niemanden entdecken.

2 MARK

Ich stand oben auf meinem Balkon. Seit ein paar Tagen bewohnte ich die Schiffseignerkabine. Ich schaute dem Anlegemanöver zu. Im Gegensatz zu den meisten Passagieren hatte ich einen Logenplatz. Selbst von hier oben konnte ich ihr Gesicht deutlich erkennen. Ihre langen roten Haare flatterten im Seewind.
Nachdenklich versuchte ich, mich an ihre Augenfarbe zu erinnern.
Es wollte mir nicht einfallen. Dafür hatte ich ihr schmales Gesicht vor Augen. Ihre Haut rosig, samtweich, die leicht schräg stehenden Augen und die Sommersprossen über der Nase gaben ihr ein außergewöhnliches Aussehen. Ich musste lächeln. Das Ungewöhnliche hatte mich magisch angezogen. Sie war nicht schön im klassischen Sinn, aber wenn sich ihr roter Mund zum Lächeln verzog, wurde sie zur Schönheit. Sie glaubte, ich sei der Barkeeper. Ich musste sie unbedingt näher kennenlernen. Ich wollte sie küssen. Sie sprach mit einem der Passagiere. Zu gerne wüsste ich, was der Mann zu ihr sagte und damit ihr Gesicht zum Leuchten brachte. Einen Augenblick lang glaubte ich, sie hätte mich entdeckt.

Es schien, als beobachtete sie ihre Umgebung. Kurz streifte mich ihr Blick. Schnell trat ich von der Balustrade zurück.

Es klopfte. Unwillig trat ich in mein Arbeitszimmer. Auf dem Tisch stand mein Laptop. Ich hatte, bevor ich auf den Balkon hinaustrat, am Abschlussbericht gearbeitet. Ich schloss die Datei. Es wäre nicht hilfreich, wenn jemand den Text las. Der Inhalt war zu brisant, als dass der Kapitän davon hätte erfahren dürften. Ich empfand es als Schlimm genug, dass mein Inkognito aufgeflogen war.

"Herein!"

Der Steward trat ein. Er machte einen langen Hals, um meinen Desktop zu checken. Sachas Foto flimmerte über den Bildschirm. Ich hatte vor einigen Tagen heimlich ein Foto von ihr geschossen.

Ich gebe es zu, sie faszinierte mich.

"Was gibt's?", fragte ich.

"Herr de Fries, der Kapitän möchte bevor sie Absteigen noch auf ein Gespräch in seine Kajüte bitten. Vorher aber, will er das Anlegemanöver noch selber befehligen. Wenn es Ihnen recht ist, treffen sie sich danach."

Ich nickte. "Gut, teilen Sie dem Käpten meine Zustimmung mit."

Er zeigte auf den Esstisch: "Kann ich abräumen?"

Seit sich auf dem Schiff herum gesprochen hatte, wer ich war, überschlugen sich die Crew und die Offiziere vor Dienstbeflissenheit. Ursprünglich heuerte ich als Matrose an.

Unbehelligt wollte ich meiner Arbeit, die Mannschaft und die Offiziere zu kontrollieren, nachgehen.

Mir ist nach wie vor nicht klar, wie es passieren konnte, dass mein Inkognito aufflog.

Einzig der Zahlmeister war eingeweiht.

Zwei Wochen lang recherchierte ich. Die Crew hielt mich als einen von ihnen. Ich kam mit meinen Beobachtungen voran.

***

Gelegentlich nahmen unsere Frachter Passagiere mit an Bord.

Meistens ältere Menschen, die Zeit hatten und die Ruhe schätzten. Unsere Passagen kamen den Mitreisenden nicht so teuer wie auf den Kreuzfahrern. Dafür reisten die Leute nicht auf festen Routen und sahen mehr von der Welt.

Wie dem auch sei, nach zwei Wochen flog ich auf, zog aus den Mannschaftsquartieren aus und in die Schiffseigner Kabine ein.

Ich trat noch einmal hinaus auf den Balkon, um zu sehen, ob Sacha noch da war. Bevor sie das Schiff verließ, wollte ich unbedingt mit ihr über vergangene Nacht reden.

Im Grunde genommen plante ich sie zu überreden die nächste Zeit mit mir zu verbringen. Ich wollte sie kennenlernen.

3 SACHA

Der Frachter hatte festgemacht. Ich holte, meine Sachen
als ich über das Sonnendeck schlenderte, musste ich an
meinen nächtlichen Gastgeber, Mark denken. Hier
trafen wie uns zum ersten Mal. Das heißt, so ganz
stimmte das nicht. Aufgefallen war er mir vorher. Ein
Typ wie aus dem Playboy. Groß, muskulös und wie ich
gesehen hatte auch noch nett zu den Gästen.
Mein Vater, so dachte ich wäre nicht begeistert von ihm.
Also der perfekte Schwiegersohn. An diesem Tag
 Lümmelte ich auf der Liege und träumte vor mich hin.
Eben strampelte ich mit meinem Fahrrad über die
Hochebene von Nepal. Himalaja, ich musste grinsen, als
ob ich jemals mit dem pinken Holländerrad dort
hinkommen würde.
>*Man wird ja nochmal träumen dürfen.* <
"Was?"
 Ich schob mir die Brille hoch. Er hockte vor mir und
schüttelte eine Flasche Sonnenlotion.
„Darf ich Dir einen Drink bringen oder den Rücken
einreiben?"
Ich rollte die Augen.
"Wenn das eine Anmache sein soll, hast Du dein Pulver
umsonst verschossen. Kein Interesse."
Ich wedelte mit der Hand: "Geh mir aus der Sonne."

Er ließ sich auf die freie Liege neben mir fallen und schloss die Augen. "Hm.", seufzte er genüsslich.

"So ein Sonnenbad ist Entspannung pur."

Demonstrativ rekelte er sich in der Sonne. Zu allem Überfluss packte er sich meine aufgeschlagene Illustrierte aufs Gesicht.

Entgeistert sah ich ihn an. "Dürfen Sie das?"

Hektisch sah mich um. Niemand schien Anstoß zu nehmen.

Unter dem Journal nuschelte es hervor:

"Du musst dich entspannen Schätzchen."

Wie hatte er mich genannt? Mir fielen fast die Ohren ab."Schätzchen?"

Ich sah förmlich sein grinsendes Gesicht unter der Zeitung.

"Ich bin nicht Ihr Schätzchen!", blaffte ich. Merken Sie sich das. Ernsthaft wütend stieß mich seine herablassende Äußerung ab.

Er nahm die Zeitung herunter, ich sah in sein lachendes Gesicht. Niedliche kleine Grübchen hatten sich an seinen Wangen eingegraben.

Einen Moment lang stockte mir der Atem. Seine Augen leuchteten und die Mundwinkel sagten seinen Ohren "guten Tag." Er erhob sich, strahlte mich an, verbeugte sich formvollendet wie ein echter Gentlemen: "Mein Name ist Mark."

"Mark-wer?"

"Einfach nur Mark."

Er nahm meine Hand und sah mir ins Gesicht.

"Sacha."

Er stutzte. Ich zuckte mit den Schultern, theatralisch setzte ich hinzu:

„Sacha, ist die Koseform von Alexandra und ich werde Französisch geschrieben, Sacha, mit c.h."

"Jetzt, da wir uns kennen, darf ich dich für heute Abend zum Kapitänsdinner einladen? Heute ist der letzte Abend der meisten Passagiere hier an Bord. Es ist eine Tradition, dass der Kapitän zum Essen einlädt."

Geschmeichelt nickte ich.

***

Ein Offizier trat an uns heran und schnauzte Mark an. "Matrose, was tun Sie hier? Haben Sie nichts zu erledigen?"

Mark salutierte flapsig, antwortete: "Ich habe eine Einladung überbracht."

Er zwinkerte mir zu und schritt davon. Über den Brillenrand hinweg schielte ich ihm nach. >*schnucklig*<, dennoch sah ich keinen Grund, auf seinen Annäherungsversuch einzugehen. Ich beobachtete, wie er mit den anderen Passagieren Smalltalk hielt, dann ließ ich mich auf meine Liege fallen, um mich weiter in der Sonne zu brutzeln.

Mein Tagtraum war noch nicht zu Ende geträumt, ich wollte ihn beenden. So sehr ich mich mühte, es gelang mir nicht.

Stattdessen schlich sich aus meinem Hinterkopf eine Unruhe an. Ein ungutes Bauchgefühl. Ich dachte an Vater, sein seltsames Verhalten bei meiner Abreise beunruhigte mich. Ich liebte ihn innig. Er war mir Vater und Mutter gleichermaßen gewesen. An sie konnte ich mich beim besten Willen nicht erinnern. Es gab in unserem Haushalt nirgends ein Bild von ihr oder etwas anderes, das ihr gehört hatte.

Früher fragte ich ab und zu noch nach ihr. Später nicht mehr. Weil ich merkte, dass mein Vater nicht gerne über sie sprach. Also ließ ich es einfach bleiben. Im Allgemeinen hatte ich sie auch nie vermisst. Nur, wenn so peinliche Dinge passierten, die ein Mädchen mit seiner Mutter besprach.

Nun ja, dafür gab es ja Charlies Mutter. Charlie meine beste Freundin, eigentlich hießt sie Charlotte Werner. Wir kannten uns seit der ersten Klasse in der Grundschule. Ich lebte in ihrer Familie. Die Werners hatten mich quasi als ihre Ziehtochter adoptiert.

So sehr ich die Reise genoss, ich freute mich auf Charlie. Unsere endlosen Talks am Telefon oder über Skype. Wir fanden immer etwas, um zu quatschen, selbst wenn wir uns kurz zuvor gesehen hatten.

Wenn mein Vater auch keine Hilfe war, was Mädchensachen betraf, so unschlagbar war er im Organisieren von Ausflügen. Einmal monatlich machten wir einen kurz Trip. Meistens eine Fahrt ins Blaue. Wir nahmen eine Umgebungskarte, ich tippte mit geschlossenen Augen darauf, schon kannten wir unser Ziel. Wenn´s ans Tippen ging, schmulte ich durch die Wimpern. Am meisten mochte ich die Fahrten mit dem Fahrrad. Dabei nahmen wir immer einen Picknickkorb mit, ließen uns an einem Waldrand, See, einer Wiese nieder, um zu essen.

Wenn wir eine Burg, ein Schloss besuchten, dann erzählte mir Vater regelmäßig spannende Geschichten aus der Vergangenheit der Gemäuer. Meine überbordende Fantasie erledigte dann den Rest.

Später, verlagerten sich, die Interessen von mir auf andere Gebiete. Unsere Ausflüge wurden seltener, bis wir sie ganz einstellten.

Mein Vater begann zu kränkeln. Er sprach mit mir nicht, aber ich bemerkte, wie sich die Menge der Tabletten, die er einnahm, steigerte. Da er offensichtlich nicht mit mir reden wollte, spielte ich Vogel Strauß und tat als sei alles in schönster Ordnung.

Nur gelegentlich beschlich mich ein dumpfes Angstgefühl. Genauso, wie es mich gerade überkam.

Da es nichts mehr mit dem Träumen wurde, beschloss ich, damit aufzuhören. Ich sammelte meine Utensilien zusammen und machte mich davon.

4 MARK

Ich nahm mir vor, Sacha noch eine Weile im unklaren darüber zu lassen, wer ich bin. Es hatte mir Spaß gemacht, sie zu necken.

Ich spazierte auf das Sonnendeck, um ein wenig Sonne abzukriegen und in Ruhe mit meinem Bruder Christian zu telefonieren. Sie lag da, und sah so niedlich aus. Ich hatte den Eindruck, als befände sie sich weit weg von hier. Ich konnte nicht leugnen, dass sie mir auf den ersten Blick gefiel. Sie war mir am ersten Abend auf dem Schiff aufgefallen. Einzige sie erschien nicht nach dem Essen an der Bar, um einen Absacker zu nehmen. Die meisten Passagiere fanden sich nach dem Dinner, an der Bar ein, um Musik zu hören, sich zu unterhalten und zu trinken. Nur sie nicht. Sie war auch, die einzige Alleinreisende. Dennoch machte sie nie den Eindruck, sonderlich einsam zu sein.

Ich hatte sie beobachtet. Meistens saß sie in eine Decke gehüllt bis spät in der Nacht oben auf dem Sonnendeck und schaute hinaus aufs Wasser. Ich versuchte tagsüber, wenn ich über Deck ging, mit ihr ins Gespräch zu kommen. Manchmal saß sie in der Lounge und las. Meistens eines dieser Bücher mit buntem Deckel, einem eng umschlungenen Paar darauf. Als Crewmitglied war es mir natürlich verboten, mich ohne triftigen Grund in den Passagierbereichen aufzuhalten. Aber die gab es genug, nur die Gegenwart andere Leute störte, was es mir erheblich erschwerte, mit ihr zu flirten. Leider war ich durch meine Arbeit als Barkeeper gezwungen, in eben dieser Bar zu sein, anstatt ihr Gesellschaft leisten zu können.

Deshalb lud ich sie zum Abschlussdinner an den Tisch des Kapitäns ein. Schade nur, dass der Erste vorbeikam und den Chef raushängen ließ. Natürlich machte ich sie an. Und natürlich fand ich meine Anmache reichlich plump. Mir fehlte die Zeit, ich sah keinen anderen Weg, mein Inkognito zu wahren.

Beim Obersteward meldete ich sie als zusätzlichen Gast an. Ich hoffte, sie ließ es sich nicht nehmen, zum Essen zu erscheinen.

Einige Zeit später betrat ich meine Kajüte. Ich holte mein Telefon aus der Tasche, stöpselte es an meinen Rechner an. Dann lud ich das heimlich geschossene Foto von ihr auf den Desktop. Da war sie. Sie sah so unschuldig, engelsgleich, einfach bezaubernd aus. Mein Herz flatterte. Ich holte tief Luft. Erregung schoss durch mich hindurch. Mein bestes Stück machte sich bemerkbar. Sodass ich mich ernstlich zur Ordnung rufen musste. Ich wollte sie um jeden Preis näher kennenlernen. Mädchen wie sie gehörten sonst nicht zu meinem Beuteschema.

Ich bevorzugte Ladys, gelangweilt vor allem aber, verheiratet. Ich wollte keine Probleme.

Bei ihr fühlte es sich anders an. Mein Herz klopfte, ich interessierte mich für sie. Mein Jagdinstinkt erwachte.
Ich dachte laut vor mich hin: Sacha,
 >du bist mir ins Herz gesprungen. <
Ich seufzte tief, ließ mich in den Sessel fallen und rief endlich meinen Bruder an.

5 SACHA

Verzweifelt stand ich vor meinem Spind. Denn als
Schrank konnte man dieses schmale Gebilde beileibe
nicht bezeichnen, und sah meine Kleider durch.
Viel gab es da nicht zu gucken. Ich hatte mich auf
Praktisches verlegt. Also Jeans, in jeder Form, T-Shirts.
Schließlich fuhr ich nicht auf einem Luxusliner, sondern
auf einem Containerfrachter über den Ozean. Da stand
ich probierte aus und verwarf wieder. Es war zum
Mäusemelken, ich fand nichts, was für diesen Abend
passend wäre.
Außerdem Kapitänsdinner auf einem Frachter? Was
sollte das sein? Das Eisbombendefilee, welches ich in
Filmen, die auf Luxuslinern spielten, gesehen hatte,
würde es bestimmt nicht geben. Mein Magen
grummelte. Ein sicheres Zeichen dafür, dass etwas nicht
stimmte, ganz und gar nicht stimmte. Hoffentlich war es
nur ein etwas größeres Abendessen. Ich hatte keinen
blassen Schimmer davon, was mir bevorstand. Vor
allem hatte ich keine Ahnung, was von mir erwartet
wurde. Viel lieber wollte ich in der Mannschaftsmesse
meine Spaghetti mit Tomatensoße essen. So stand ich
ziemlich nervös in meiner Kammer herum und
vertrödelte die Zeit.
Das Essen sollte um 20 Uhr beginnen, jetzt war es
Viertel vor und ich noch immer kein Stück weiter.

Entschlossen zog ich meinen schwarzen Stiftrock und die weiße Rüschenbluse an.

Diese Bluse und den Rock hatte ich in einem Anfall von geistiger Umnachtung eingepackt. Ich hatte die zwei Teile noch nie getragen. Mein Vater schenkte sie mir. Er glaubte wohl, so etwas wäre modern und chic.

Ein Blick in den Spiegel sagte mir, -Oma- bestenfalls Sekretärinnen Look.

Zum Umziehen blieb mir keine Minute mehr, ich kam eh viel zu spät.

Also Augen zu und durch. Oder. Ich machte es wie Julia Roberts in Pretty Women, immer Lächeln, auch wenn die Situation noch so vertrackt erschien.

***

Mit fliegenden Fahnen verließ ich mein Quartier. Kurz vor dem Aufgang stoppte ich abrupt. Siedend heiß durch fuhr mich die Erkenntnis. Dinner, Besteck-Reihenfolge- keine Ahnung! Entschlossen machte ich kehrt. Es war sowieso schon alles egal. Ich kam zu spät. Da machten ein paar Minuten mehr oder weniger, den Kohl auch nicht mehr fett.

Ich nahm mein Smartphone, gab in den Browser »Dinner und Besteckreihenfolge« ein. Es dauerte, bis sich die Seite aufbaute. Ich stand mitten im Aufgang und vor allem, Allen im Weg. Nervös kaute ich an meinen Fingern. Allmählich brach mir der Schweiß aus. Ich schwitzte immer, wenn ich unter Stress stand. Endlich! Schnell scrollte ich durch die Einträge, bis ich fand, was ich suchte. Erleichtert machte ich mich auf, zum Essen. Der Frachter war groß und die Gänge lang. Ich hatte auf dem Weg zur Offiziersmesse Zeit genug mir einzugestehen, dass ich nicht zum Kapitänsdinner gehen wollte. Meine Schritte wurden immer langsamer und langsamer, bis ich schließlich ganz stehen blieb. Entschlossen kehrte ich um.

6 MARK

Niemals hätte ich es für möglich gehalten, dass Sacha meine Einladung ausschlagen würde. Ich hatte mich in den Smoking geworfen. Der Kapitän hatte semiformelle Kleidung für das Essen vorgeschrieben. Das bedeutete Abendanzug oder Uniform für die Herren, die Damen kamen bitte im Kleid. Ich hoffte, Sacha würde das wissen, extra hatte ich es nicht erwähnt.

Dass sie es vorzog, nicht zu erscheinen, kam einer Beleidigung gleich. Ich war mir sicher, dass sie sich dessen nicht bewusst war.

"Wollten sie heute Abend nicht einen Gast mitbringen?" Der Kapitän sah mich an, und zwinkerte vielsagend zum freien Platz neben mir. Ich kam mir dämlich vor, als ich eingestand: "Das dachte ich auch. Ich habe keine Ahnung, wo die junge Dame bleibt. Der Steward wollte sie abholen. Er kam zu spät. Sie war schon weg." Hämisch grinsend verbarg sich der Erste hinter der Abendkarte.

Ich hörte, wie er seinem Nachbarn zu raunte, das käme davon, wenn der Kapitän die Crew zum Essen einlüde, dann blieben Stühle leer.

Ich musste mich zusammenreißen, um diesem aufgeblasenen Tropf nicht gleich hier und jetzt am Tisch die Meinung zu geigen. Der Kapitän räusperte sich laut, woraufhin der Erste sofort verstummte.

Trotzdem blieb, für mich die Frage im Raum stehen.

Wo war Sacha?

Ich fühlte mich enttäuscht und besorgt zugleich. Zudem beunruhigte mich die Tatsache, dass wenn ich Sacha kennenlernen wollte, ich keine Gelegenheit mehr haben würde.

7 SACHA

Ich hatte es mir anders überlegt. Es war nicht nett von mir, eine Einladung auszuschlagen. Außer Puste kam ich vor der Offiziersmesse an. Gerade hob ich die Hand, um anzuklopfen, als die Tür aufgestoßen wurde und ein Steward mit Geschirr beladen rückwärts den Raum verließ.

Geistesgegenwärtig sprang ich zur Seite, um dem Mann den Weg frei zu geben.

Mein Blick fiel auf den großenTisch in der Mitte der Messe. Er war leer.

Oh Sch…, ich hatte das Essen vertrödelt.

In mir machte sich Erleichterung breit, gleichzeitig schämte ich mich auch. Hin- und hergerissen zwischen meinen widerstrebenden Gefühlen kaute ich auf meiner Unterlippe herum. Ratlos stand ich im Gang. Was sollte ich bloß tun?

Zu allem Überfluss knurrte mein Magen laut und vernehmlich. >*Na prima.* < dachte ich. >*Hunger hast du auch noch ich auch noch.* <

Ich überlegte mir, dass eine Entschuldigung angebracht wäre. Was mich zu der Frage führte:

>*wo finde ich Mark?* <

Mein erster Anlaufpunkt, das Oberdeck. Hier hatte ich ihn öfter stehen sehen. Hoffentlich hielt er sich da auf, das würde mir die Sache mit der Entschuldigung ungemein erleichtern.

Leider, Pech gehabt. Es wäre auch zu schön gewesen, ohne Publikum. Mir blieb nichts weiter übrig, als mein Glück an der Bar zu versuchen.

Wie ich es nicht anderes erwartet hatte. Als ich hereinkam, stand er hinter dem Tresen. Schnell tat ich einen Rundumblick. Die Bar schien gut besucht zu sein. Sämtliche Tische, waren besetzt. Einer der Gäste verließ den Raum. Ich ließ mich auf dem frei gewordenen Platz nieder.

Mark blitzte mich aus zusammengekniffenen Augen an. "Einen Martini, bitte." Seine Augenbraue verschwand fast unter seinem Haaransatz, er spöttelte.

"Gerührt oder geschüttelt?"

Ich kannte den Spruch und erwiderte: "Geschüttelt!"

Mark nickte. "Natürlich geschüttelt."

Fasziniert, sah ich zu wie er die verschiedenen Getränke in den Behälter tat und den Shaker schüttelte. Nicht so ein einfaches hin-und her, sondern mit Hüftschwung im Rhythmus der Musik.

Wortlos stellte er das Glas vor mir ab.

Misstrauisch beäugte ich den Inhalt. Ich hatte noch nie Cocktails getrunken. Mir war so schnell kein anderes Getränk eingefallen, das ich hätte bestellen können. Der Zeitpunkt erschien mir günstig, für meinen ersten richtigen Drink.

Vorerst begnügte ich mich mit der Olive, die aufgespießt im Glas hing.

Vorsichtig nippte ich. Hm,-irgendwie Lecker. Der Alkohol brannte sich seinen Weg durch die Speiseröhre. Mir schossen Tränen in die Augen, während er in meinen Magen floss. Aber daran gewöhnte ich mich. Im Handumdrehen hatte ich das Glas ausgenippt. Der Drink schmeckte. Gleich bestellte ich noch einen Martini nach. Sofort hatte ich auch diesen Aperitif ausgeschlürft.

Es dauerte nicht lange und ich fühlte mich klasse, so wunderbar leicht förmlich aufgekratzt.

Ein paar von den Erdnüssen, die Mark in einem Schälchen hingestellt hatte, ließ ich in meinen Mund rieseln. Sie dämpften den Hunger, der in meinem Magen rumorte. Beschwingt sprang ich vom Hocker, tänzelte zur Musikbox.

8 MARK

Sie betrat die Bar. Mein Herz klopfte wie wild in meiner
Brust. Ich hatte zu tun, eine gleichgültige Mine zur
Schau zu tagen. Wie jeden Abend während dieser Reise
stand ich hinter dem Tresen.
Die Mannschaft und die Gäste trafen sich hier all
abendlich auf einen Drink. Sie stand da, und schaute
sich um.
Ich gab dem Typen am Ende des Tresens einen Wink,
der kapierte und verschwand.
Sacha setzte sich, bestellte großspurig einen Martini.
Erst dachte ich, ich hätte mich verhört. Also kam ich
mit dem blöden Spruch geschüttelt und nicht gerührt
rüber. Sie ging darauf ein.
 Erstaunlich. Sacha trank den Cocktail, als wäre er
Wasser und bestellte sofort den nächsten nach. Auch
diesen schlürfte sie weg, wie Bonbonwasser. Sie schob
mir ihr Glas zu: "Noch einen."
Zu allem Überfluss hopste sie vom Hocker und
schlenderte Hüften schwingend zur Musikbox. Sie
übertrieb fürchterlich.

Ich nahm das Getuschel der Männer ringsumher wahr.
Sie suchte sich eine Rumba aus. Sie bewegte sich zur
Musik.

Mit langsamen fast lasziven Bewegungen animierte sie
einen der Jungs, mit ihr zu tanzen. Sie hatte sich
ausgerechnet unseren Benjamin, ausgesucht. Mir tat der
Schiffsjunge ein bisschen leid.

Er würde es später nicht leicht haben. Die Matrosen
würden ihn hänseln, aber wahrscheinlich gehörte auch
das zum Erwachsen werden in einer Männergesellschaft
mit dazu.

Die Männer schlugen sich auf die Schenkel und feuerten
ihn an. Einer von Ihnen rief: "Ich glaub's, nich der
Kleine hat sich getraut die scharfe Tussi zu rocken."

Der Tanz war zu Ende. Beide traten zu mir an die Bar.
Der Matrose bestellte:, "Ein Bier und für die Lady, noch
einmal das selbe."

Er zeigte auf das Glas in dem noch ein Rest vom
Martini den Boden bedeckte.

Sacha widersprach. "Ich möchte auch ein Bier."

Ich schüttelte den Kopf. Und stellte ihr trotzdem das
Gewünschte hin. Schließlich war sie erwachsen und
wusste, was sie tat.

Er zog sie eng an sich.. Sacha rückte von ihm ab.

Hastig schüttete sie, sich das Bier in den Hals.

Sie schlenderte zum Türstock. Dort lehnte sie sich
dagegen, reckte sich in die Höhe, rutschte mit
Hüftschwüngen daran entlang, als wäre die Tür eine
Tanzstange. Ihr Rock rutschte nach oben und gab einen

ausgiebige Sicht auf ihre Schenkel frei. Sie ließ ihre verschleierten Blicke in die Runde schweifen.

Es lag eine gespannte Stimmung im Raum. Die Luft geschwängert von Alkoholdunst und dem Geruch von Schweiß.

Der Matrose umarmte Sacha besitzergreifend, er legte sein Gesicht in ihre Halsbeuge. Er presste sie mit seinem Körper an den Türpfosten. Mit ihren Händen auf seinen Schultern versuchte sie, sich aus seiner Umklammerung zu befreien. Er wollte sie küssen. Sie drehte den Kopf zur Seite, er traf ihre Wange.

Der Kerl rückte ihr zudringlich auf die Pelle. Als er auch noch Sachas Brüste begrapschte, hatte ich endgültig die Nase voll.

Ich schob ihn zur Seite und bugsierte sie hinaus.

Die Tür fiel hinter uns ins Schloss. Wir waren allein. Ich nahm Sacha auf die Arme. Interessanterweise ließ sie es sich von mir gefallen. Im Gegenteil, sie kuschelte sich an mich. Ich trug sie zum Oberdeck. Hier lehnte ich sie an die Wand.

9 SACHA

Oh, mein Gott war mir schlecht. Ich lehnte an einer Wand. Die frische Luft umwehte mich. Das Lampenlicht blendete. Ich kniff die Lider zusammen. In meinem Inneren tobte der Kampf Magen gegen Kopf.

Ich versuchte dieses Match, zu gewinnen, indem ich meine Augen geschlossen hielt. Mark stütze mich. Seine Stimme drang wie aus weiter Ferne zu mir.

Ich schüttelte meinen Kopf. Zu mehr war ich nicht fähig.

Selbst das war schon zu viel. Ich musste würgen. Die Hand vor meinen Mund gepresst, beugte ich mich über die Rehling und gab meinen Mageninhalt der See. Ich übergab mich bis nichts, aber auch gar nichts, außer bitterer Galle kam.

Mark stand tapfer daneben und hielt mir die Haare aus dem Gesicht.

Erschöpft sank ich zu Boden. Ich blinzelte. Er hockte vor mir. Ich nahm an, er würde hämisch grinsen, stattdessen schaute ich in besorgt dreinblickende Augen. "Wie geht es dir?"

Selbst mit allergrößter Anstrengung konnte ich seine Frage nicht beantworten. Ich musste erst in mich hinein horchen, um ihm eine Antwort geben zu können. Dabei schämte ich mich entsetzlich.

Am liebsten wäre ich aufgestanden und fortgelaufen, doch das Karussell in meinem Kopf drehte sich unablässig.

Ich fühlte mich schwach und schlapp. Mein Gesicht, an die kühle Wand gelegt flüsterte ich: "Danke, du kannst gehen, ich komme zurecht."

Auf der Stelle einzuschlafen war mein einziger Wunsch. Ich ließ mich zur Seite kippen und rollte mich zusammen.

"Kommt nicht in Frage. Ich bringe dich in deine Kajüte."

Mark griff mir unter die Achseln und zog mich in Sitzhaltung hoch.

"Welche Nummer hast du? Gib mir den Schlüssel."

Fordernd steckte er seine Hand aus.

Hier, ich reichte ihm meine Clutch. "

Da ist kein Schlüssel drin!"

Er gab mir meine Tasche zurück.

"Meinst du, du kannst dich an deine Zimmernummer erinnern, wenn du dir Mühe gibst? Sonst haben wir ein echtes Problem."

Meine Stirn schlug vor Anstrengung Falten, das spürte ich.

Nichts, nothing, niente. Absolute Leere im Kopf. Ich sah ihn an. Mark seufzte: "Ich möchte ungern den Obersteward wecken.

Das werde ich tun müssen, wenn wir deinen Zimmerschlüssel nicht finden. Also denk nach. Komm schon."

"K.A."

"K.A.. Was bedeutet das?"

Marks Stimme klang verständnislos.

Ich nuschelte: "K.A.-keine Ahnung!"

"Okay!"

Entschlossen beugte er sich zu mir herunter und hob mich an. In seinen Armen fühlte ich mich geborgen. Sein Körper strahlte Wärme ab. An seine breite Brust gekuschelt, schloss ich die Augen und genoss seinen herben Duft. Er trug mich durch die Gänge des Schiffs. An seine breite Brust geschmiegt fühlte ich mich sicher. Leise summte ich in sein Hemd.

"Pst, pst, nicht so laut. Du weckst mit deiner Summerei noch alle auf." Ich hob den Kopf.

"Wieso, schla-, schlafen die alle?" Mark lächelte mich von oben herab an.

"Weil es gleich Mitternacht ist, da schlafen die meisten Leute."

"Aha, und du meinst, das sollte ich auch."

"Sehr richtig." Er nickte. "Du auch."

"Wo bringst du mich hin?"

"In meine Kajüte. Du brauchst Schlaf und ich Ruhe."

"Aha." Zufrieden schloss ich meine Augen
.

10 MARK

"Ich muss dich jetzt kurz absetzen. Meinst du, dass du stehen kannst, ohne umzufallen?"

Ich stellte Sacha vor meiner Kajüten Tür ab. Mit meinem Körper presste ich mich an sie und verhinderte, dass sie abrutschte.

>*Wie sie sich anfühlte. Warm und an den richtigen Stellen gut gepolstert.*<

Ich fischte meine Chipkarte aus der Hosentasche.

Mit Sacha auf den Armen betrat ich meine Suite. Ich trug sie zum Bad und setzte sie auf dem Toilettendeckel ab.

"Kommst du klar oder brauchst du Hilfe?"

Sie schüttelte den Kopf und nuschelte: "Alles okay."

Erleichtert ließ ich sie allein. Das Jackett warf ich über eine Stuhllehne und lockerte meine Krawatte. Ich machte es mir im Wohnzimmer auf dem großen Sofa gemütlich. Vor mir auf dem Tisch stand mein Notebook. Mir fiel ein, dass ich während ich auf sie wartete den Schnappschuss, den ich heute Mittag auf dem Sonnendeck von ihr geschossen hatte, auf meinen Rechner übertragen könnte. Wenige Minuten später strahlte mich Sacha vom Desktop heraus an. Ich schaute mir die Fotos an, mir wurde warm ums Herz. Während ich arbeitete, gingen meine Augen immer wieder zur Badezimmertür, hinter der es rumorte und polterte, als würde eine Herde Stiere durch mein Bad trampeln. Plötzlich Stille. So sehr ich auch lauschte, nichts absolut nichts war mehr zu hören.

"Alles okay, da drinnen?"

"Aber ja doch."

Sie stand in meinen Bademantel gehüllt in der Tür. Mit dem Fuß kratzte sie sich an der Wade des anderen Beines. Die Arme hatte sie hinter dem Rücken. Sie sah unentschlossen aus.

Ich klopfte neben mich. "Setz dich."

Mit kleinen vorsichtigen Schritten kam sie näher.

"Wieso ist deine Kammer so groß?"

Ich ignorierte ihre Frage. Stattdessen wollte ich wissen,
"Was hast du bloß im Bad getrieben?"

"Nichts!"

"Na, nach nichts hat sich das nicht angehört. Wie dem
auch sei, möchtest du einen Whisky oder was anderes
Alkoholisches?"

Grinsend schaute ich sie an.

Sie schauderte und meinte: "Wenn du ein Glas Wasser
und ein Aspirin hättest, wäre ich dir sehr dankbar."

"Kommt sofort."

Ich reichte ihr die Tablette und das Wasser.

Während sie zusah, wie sich das Medikament sprudelnd
auflöste, wiederholte sie ihre Frage von vorhin.

Ich glaubte, sie genügend abgelenkt zu haben. Weit
gefehlt. Also musste ich mir eine plausible Erklärung
einfallen lassen.

"Ich habe erst später angeheuert, da waren alle
Mannschaftsquartiere schon belegt. Ich hatte Glück,
durch ein paar Beziehungen konnte ich hier einziehen."

"Aha, Beziehungen. Das erklärt einiges."

Stutzig geworden. ließ ich ihre Bemerkung
unkommentiert stehen.

Sie zog ihre Beine hoch, gähnte herzhaft, dann rollte sie
sich wie ein Kätzchen zusammen und schlief im
Handumdrehen ein.

Sanft hob und senkte sich ihre Brust. Ich deckte sie zu.

Sie sah so unschuldig aus.

Ihre roten Locken ringelten sich über ihre Schultern. Ich strich ihr eine Strähne aus dem Gesicht. Die Wimpern warfen einen sanften Schatten auf ihre Wange.

Wie bei fast allen Rothaarigen war ihre Haut blass, fast durchscheinend, nur auf ihrer Nase hatte sie Sommersprossen. Die gaben ihrem Gesicht das Besondere.

Zärtlich streichelte ich ihre weiche Haut.

Sie sollte die Nacht nicht auf der Couch verbringen. Ich hob sie auf, trug sie hinüber zu meinem Bett, dabei verrutschte der Mantel und gab einen großzügigen Teil ihrer Brust frei. Sacha seufzte tief auf. Ich wollte mich entfernen, doch ihre Hände hielten mich gefangen. Ja, sie zogen mich näher an sie heran. So hatte ich mir das nicht vorgestellt. Statt einem schlafenden Mädchen, lag eine sehr wache und verführerische Femme Fatale vor mir. Ihre neugierigen Finger begaben sich auf Wanderschaft. Zuerst unter mein Hemd. Sie streichelte über meine Brust, streifte meinen Bauch, um sich dann auf die Suche in meine Hose zu machen. Ich fing ihre Hand ein, bevor sie ihr Ziel erreichen konnte. "Sacha, bist du dir sicher, dass du weißt, was du tust? Das ist nichts was ich so einfach an- und abstellen kann."

Sie sah mich mit sehr wachen Augen an und nickte. Ich spürte wie meine Erregung zunahm. Ich küsste sie. Meine Zunge drang in ihren Mund ein. Umspielte ihre Zunge. Sie gab mir die Zärtlichkeit zurück, kam mir entgegen. Meine Hand umfing ihre Brust

und ich streichelte ihren steifen Nippel. Sacha schob mir
ihren Unterkörper entgegen, zappelte sich aus dem lästig
gewordenen Bademantel.

Sie lag nackt vor mir. Ich bewunderte ihren Körper,
setzte eine Spur kleiner Küsse auf ihren Bauch. Mit der
Zunge kitzelte ich ihren Nabel. Ich entledigte mich
meiner Kleidung. Sie hatte die Augen zugekniffen, als
ich mich nackt neben sie legte. Ich nahm ihre Hand und
führte sie an meinen steifen Penis. Sie seufzte und rieb
sich an mir. Ich streichelte sie mit meinem Finger
zwischen ihren Schenkeln. Sie war feucht und heiß. Ihre
Haut fühlte sich samtig an. Als ich in sie eindrang, gab
sie einen kleinen spitzen Schrei von sich.

11 SACHA

Ich lag in Marks Arme gekuschelt. Sein Atem streifte
meinen Nacken. Mark hatte mich dicht an seinen
Körper gezogen. Ich spürte seine Wärme am Rücken.
Draußen hinter den Fenstern dämmerte der Morgen
herauf. Ich dachte an die vergangene Nacht und wartete
auf den Klick in meinem Kopf. Es war viel besser, es
war eine Explosion, ich sah einen Regenbogen aus
Farben und Gefühlen. Grün für die Hoffnung, blau für
Harmonie und rot für die Liebe. Ich hörte Musik, sie
kam aus meinem Inneren. Mark zog mich dichter an
sich heran. Sein Gesicht lag in meiner Halsbeuge. Ich

hatte mir vorgestellt, dass ich mich nach meinem ersten Mal, anders fühlen würde. Erwachsener!

Ich schlängelte mich aus seiner Umarmung und huschte ins Bad. Mein Blick fiel in den großen Spiegel. Ich trat näher und betrachtete mein Gesicht. Ich sah mich an und ich sah aus wie immer. Verwunderung machte sich in mir breit. Hatte ich doch geglaubt, man veränderte sich danach, so eine Art Metamorphose halt.

Es war keinesfalls so gewesen, wie ich es in den Liebesromanen gelesen hatte. Es war nicht so "WOW" gewesen. Sondern anders, neu. Ich fühlte mich komisch. Ich nahm meine Sachen und schlich mich leise hinaus. Im Wohnzimmer der Suite zog

ich mich notdürftig an. Mit den Schuhen in der Hand verlies ich seine Kabine und begab mich auf den Weg zu meinem Bett.

Ich stand an der Reling, und schaute beim Anlegen an der

Pier zu. Ich zuckte leicht zusammen, eine Hand lag auf meiner Schulter. Sie gehörte Mark.

"Guten Morgen Sacha." Mark lächelte mich an. Mi wurden die Knie weich.

"Du hast mir deinen richtigen Namen nicht genannt."

"Sacha ist mein richtiger Name, Sacha Martens!"

Lächelnd reichte er mir seine Hand, "Sacha Martens, schön dich kennen gelernt zu haben:"

"Was tun Sie hier?« Ich schaute mich um. »Ich denke, Crewmitglieder dürfen nicht ohne Grund die Passagierbereiche betreten."

"Oha! Gestern Nacht waren wir beim du."

Ich spürte, wie ich rot wurde. Ich schnappte: "Musst du so

schreien?"

Ich sah mich blitzschnell um, ob die anderen Leute um uns herum unser Gespräch mit verfolgten.

Offensichtlich waren wir ihnen herzlich egal.

"Da kannst du es gleich an den Schornstein malen, Sacha hatte ihren ersten One Nighte Stand."

"Hm, freut mich, das zu hören."

"Wieso?« Verständnislos blinkerte ich ihn an.

"Weil es ein anderes Licht auf dich wirft. Darum! Komm mit!" Unbeeindruckt nahm Mark mich am Arm und ging mit mir los.

"Stopp." Ich stemmte die Füße auf den Boden.

"Lass dich nicht ziehen. Du bist störrisch wie ein Esel."

"Erst sagst du mir, wohin wir gehen."

Als ich immer noch nicht mit ihm weitergehen wollte, drohte er damit, mich zu tragen. "Hmpf!" Die Hände in meine Taille gestützt bockte ich. Mark stand vor mir, er hob mit dem Finger mein Gesicht an, sah mir in die Augen und meinte: "Nun reg dich nicht so auf. Ich will mit dir nur hier hineingehen."

Er zeigte auf die Stahltür, vor der wir standen. Mir war sie nicht aufgefallen. Misstrauisch fragte ich: "Was ist dahinter?"

"Das wirst du gleich sehen. Komm mit."

Er wackelte provokant mit seinen Augenbrauen:

"Oder hast du Angst?" Provozierte er mich.

Diese Blöße wollte ich mir dann doch nicht geben.

Wir betraten eine weitere Mannschaftsmesse.

Mark schob mich in den Raum. Er selber blieb an der Tür stehen.

"Sacha, ich will mit dir über die vergangene Nacht reden."

Ich schüttelte den Kopf und entgegnete, "Da gibt es nichts

mehr zu sagen."

Ich schob mich an ihm vorbei zur Tür hinaus.

"Oh doch.!"

Mark schnappte mich um die Taille und schob mich wieder zurück in den Raum.

Rasch verschaffte ich mir einen Überblick. Hier gab es keinen zweiten Ausgang. Ich saß in der Falle.

Ich wollte mich nicht mit ihm über letzte Nacht unterhalten. Ich fand es nur peinlich. Und ich schämte mich. Vor mir stand ein zugegebener Maßen sehr attraktiver Mann, den ich nicht kannte. Der wollte mit mir über etwas sprechen, was ich am

liebsten sofort aus meinem Gedächtnis strich.

>Die Nacht mir ihm hatte mir gefallen, nur dass ich es gewesen war die die Initiative ergriffen hatte lag mir im Magen

Also ging ich auf Abstand und zog mich in die Fensternische zurück. Dort drehte ich ihm den Rücken zu. Ich konnte ihn im Spiegel der Fensterscheiben beobachten. Mark nahm sich einen Stuhl, schwang sich rittlings darauf. Er faltete die Hände unter seinem Kinn und betrachtete mich abschätzig.

12 MARK

Ich sah an ihrer Abwehrhaltung, dass ich sie in die Enge getrieben hatte. Fieberhaft überlegte ich, wie ich sie aus ihrem Schneckenhaus hervorlocken könnte. Sacha, so ohne Weiteres gehen zu lassen, danach stand mir nicht der Sinn. Ich wollte, dass sie mit mir San Francisko erkundete. Doch dazu musste ich sie überreden bei mir zu bleiben. Im Moment sah es jedoch nicht danach aus, als würde mir sehr viel Glück beschieden sein.

Ich erhob mich und ging zur Musikbox. Auf diesem Schiff war in jeder Mannschaftsmesse so ein Teil aufgestellt. Ich ließ ein paar Münzen hineinfallen und suchte einen alten Dean-Martin-Titel aus. Ich hoffte, dass das schmeichelnde >"Everybody loves somebody<"
ihr half, sich zu entspannen. Sacht nahm ich sie in den Arm und bewegte mich mit ihr. Sie folgte mir im Tanz. Die Luke flog auf und der Koch streckte seine Glatze heraus. Er wollte sehen, wer sein Verbot die Küche zu betreten missachtet hatte. Als er uns sah, lehnte er sich geifernt auf und sah uns zu.

Sacha gab ihre steife Zurückhaltung auf. Wir bewegten uns im Rhythmus der Musik wie eine Einheit. So als würden wir schon seit ewigen Zeiten miteinander tanzen. In meine Arme geschmiegt, drängte sie ihren Körper an. Ich zog sie enger an mich. Sie sollte mich spüren. Sie sollte erfahren, welche Wirkung sie auf mich hatte. Ich flüsterte ihr ins Ohr: "Someone like you."

Es war, als wäre sie aus einer Trance erwacht. Sie blieb stehen und taxierte mich abschätzig von oben bis unten. Die Schlagader an ihrem Hals pulsierte heftig.

"Oh, nein!" Sie riss sich von mir los und flüchtete, in ihre Ecke. "Stell endlich das Gedudel ab."

Ich wandte mich ihr zu. Leise fast beiläufig erzählte ich: "Ich hatte den Eindruck, du liebst diese Musik. Den Swing. Die Show, die du gestern Abend abgezogen hast, hat mir diesen Anschein vermittelt."

Ihre Augen wurden größer und größer, je länger ich sprach.

Das Entsetzen war ihr ins Gesicht geschrieben. Zu spät realisierte ich, dass ihr nur verschwommene Erinnerungen an den Abend in der Bar geblieben waren. Sie sah mich, die Hände flehentlich zusammengepresst an.

"Was ist passiert? Bitte, du musst es mir sagen."

Ich umarmte sie von hinten. Mein Mund dicht an ihrem Ohr. Ich flüsterte, "Nichts, du hast nichts gemacht, was dir Sorgen bereiten müsste. Du hast einen heißen Tabledance hingelegt. Du warst gut."

Sacha entspannte sich. Ich hegte die Hoffnung, sie doch noch überreden zu können.

Mit meinen Lippen strich ich ihre Halspartie entlang.

"Dir hat der Tanz mit mir gefallen."

Sie schüttelte mich ab. Drehte sich zu mir um und grollte.

"Nein."

Ich konterte, "Du lügst! Mir hat es sehr gefallen, dich im Arm zu halten."

Auf Sachas Gesicht spiegelten sich ihre Gefühle von Wut über Erschrecken bis Scham ab. Ich wollte sie nicht weiter beschämen. Zumal ich das Gefühl hatte, sie in die Ecke getrieben zu haben. Sacha guckte stur zum Fenster hinaus.

"Bitte drehe dich zu mir um." Ich ließ mich auf der Eckbank nieder.

"Sacha, bitte sieh mich an. Ich habe einen Vorschlag. Hör ihn dir wenigstens an. >Nein< sagen kannst du immer noch."

Sacha starrte weiterhin aus dem Fenster.

"Ich bin ganz Ohr!" Leicht verärgert, fragte ich. "Meinst du nicht, dass du dich kindisch benimmst?"

Abweisend schüttelte sie den Kopf.

Ich hatte die Nase voll von ihrer Zickerei und fuhr fort.

"Was ist schon dabei. Wir haben eine Nacht miteinander verbracht" Ich zuckte mit den Schultern.

"Was ist dabei? Ein Mann und eine Frau. Zum gegenseitigen Nutzen. Wir sind beide über 18. Ich fand es sehr schön mit dir."

Leise, so als spräche sie mit sich selber, hörte ich sie sagen: "18, ich bin 18 Jahre alt."

"Was hast du gesagt? Ich dachte, ich hätte mich verhört."

Ihr Kopf flog hoch. Sie sah mir geradewegs in die Augen, als sie wiederholte. "Ich bin letzten Monat 18

geworden, diese Reise ist mein Geburtstagsgeschenk.
Ich gehe noch zur Schule.

"Du gehst was?" Ich glaubte, nicht verstanden zu haben.
Mit zusammen gekniffenen Augen sah ich sie an.

"Du hast richtig gehört, ich gehe noch zur Schule."
Ich verschränkte die Arme vor der Brust. Sonst wäre ich
aufgesprungen und hätte sie durchgeschüttelt.
Stattdessen fragte ich: "Welche Klasse?"
Sie reagierte nicht, sondern lehnte mit stur zusammen
gekniffenen Mund an der Wand und funkelte mich
erbost an. In mir brodelte es. Ich hätte mich Ohrfeigen
können.

>Ein Schulmädchen. Verdammt, ich hatte mich mit
einem Schulmädchen eingelassen. <

"Nun antworte schon."

"Ich beginne, wenn ich nach Hause komme, mit den
Vorbereitungen für die mündlichen Prüfungen fürs
Abi."

"Ich fasse es nicht. So ein Scheiß, das kann auch nur mir
passieren." Sacha schluchzte laut auf. Die Hände auf
den Mund gepresst rannte sie hinaus.

"Verdammt!" Ich sprang auf und rannte ihr hinterher.

"Warte!" Sie war im Gewühl der auf dem Deck, auf ihre
Ausschiffung wartenden Passagiere und Crew
verschwunden. Ich sah mich suchend um. Konnte sie
nirgends entdecken. Dann dämmerte es mir.
Ich hatte es vermasselt, gründlich in den Sand gesetzt.
Meine Chance Sacha näher kennenzulernen hatte ich
mit ein paar unbedachten Äußerungen vertan.

13 SACHA

Ich rannte die Gangway hinunter. Tränen rannen mir über die Wangen und versperrten mir die klare Sicht. Ich war wütend und gleichermaßen beschämt. Was dachte der Typ nur, wen er vor sich hatte. Dabei fand ich ihn sympathisch. Ich hatte mich in ihn verguckt. Am Einreiseterminal musste ich meine Sonnenbrille absetzen.

Der Beamte verglich mein verheultes Gesicht mit dem Foto in meinem Pass. Skeptisch beäugte er mich. Dann fragte er: "Alles in Ordnung, Miss?"

Ich nickte. So sehr ich mich mühte, ich konnte die Tränenflut nicht bewältigen.

Endlich hatte ich die Einreiseformalitäten erledigt. Ich machte mich auf, die Stadt zu erkunden.

Systematisch besuchte ich ein Touriziel nach dem anderen und hakte sie auf meiner Liste ab. Irgendwie hatte ich es mir spannender vorgestellt, Im Grunde genommen wollte ich nur nach Hause fahren. Ich hatte Heimweh. Und dieses ungute Bauchgefühl, welches ich schon auf dem Frachter verspürte, dass etwas zu Hause ganz und gar nicht stimmte, beunruhigte mich.

Charlie, ich vermisste meine beste Freundin Charlotte. Ich hatte mich bei ihr gemeldet, als ich in meinem Bed and

Brekfast eincheckte. Ursprünglich hatte ich zu Hause bei meinem Vater angerufen, der war aber leider unterwegs und so konnte ich ihn nicht erreichen. Gott sei Dank erwischte ich Charlie und konnte ihr sagen, dass es mir gut ging und ich bald nach Hause käme.

Endlich war mein Abreisetag da. Erleichtert packte ich meine Koffer und fuhr zum Flughafen. Ich hatte einen Direktflug nach London. Kaum saß ich in der Maschine, schlief ich auch schon ein und erwachte erst beim Landeanflug wieder. Von Heathrow aus, flog ich noch einmal knapp zwei Stunden nach Deutschland.

Endlich in Berlin angekommen leistete ich mir ein Taxi und gondelte gemütlich zum Hauptbahnhof.

Noch ein paar Stunden Zugfahrt, dann war ich endlich wieder daheim.

Während der Zeit in San Francisco und auf der Heimfahrt hatte ich es mir nicht gestattet an Mark zu denken.

Ich wollte ihn um jeden Preis vergessen.

Was mir nur mit mäßigem Erfolg gelang. Ab und zu schob sich sein Bild vor mein inneres Auge. Vor allem dann, wenn ich ihn in der Menschenmenge zu entdecken glaubte. Ich hatte Glück und ergatterte im Zug einen dieser Einzelplätze.

Das >sprichmichjanichtanSchild< hing unsichtbar um meinen Hals und hielt mir unliebsame Gesprächspartner vom Leib.

Ich saß da und blickte hinaus auf die vorüberziehende Landschaft.

Als ich in Bremerhaven mit dem Frachter gestartet war,

war es noch tiefster Winter gewesen, jetzt zog der Frühling

durchs Land. Die Sonne wärmte mein Gesicht durch die Glasscheibe hindurch. Ich hätte mir die Zeit mit lesen vertreiben können, doch ich sah lieber aus dem Fenster und hörte Musik.

Ich hatte mir in Amerika bei einem Online Händler einige

Swing-Titel auf mein Smartphone geladen. Die erklangen jetzt, und mit der Musik kam die Erinnerung an Mark zurück. Inzwischen bereute ich mein reichlich kindisches Benehmen und meinen so plötzlichen Abgang. Wenn ich ganz ehrlich mit mir war, so hatte Mark eine deutliche Spur in meinem Herzen hinterlassen.

Gerne hätte ich noch etwas Zeit mit ihm verbracht. Und vielleicht wären wir uns noch einmal näher gekommen. Und vielleicht hätte es bei der Wiederholung besser mit uns geklappt.

Ich seufzte tief und schüttelte entrüstet über mich den Kopf.

Das waren ein paar zu viele >Vielleicht<, als dass, ich mir darüber weiter den Kopf zerbrechen sollte.

Aber die große Frage, was gewesen wäre wenn, blieb in meinem Hinterkopf fest verankert.

Der Zug rollte in den Bahnhof ein. Ich drängelte mich mit meinem Gepäck, so schnell es mir nur irgendwie möglich war, hinaus aus dem Zug. Ich erwartete, meinen Vater auf dem Bahnsteig, stehen zu sehen.

Ich stand und blickte die Gleise entlang. Langsam leerte sich die Plattform. Auf einmal stand ich alleine da. Es war niemand gekommen um mich abzuholen.

14 CHARLIE

Mein Gott, wie bringe ich es ihr nur so schonend wie
möglich bei?
Ich saß im Auto, auf dem Weg zum Bahnhof. Sacha
würde
warten. Seit einer Woche überlegte ich, wie ich meiner
besten Freundin erklären sollte, was hier passiert war.
Zuerst hatte ich mich genauso wie Sacha darüber
gewundert, welches großzügige Geschenk ihr Vater, ihr
machte. Eine Reise um die halbe Welt mit einem
Frachter.
Am Tag nach ihrer Abreise, besuchte uns Herr Martens.
Er sprach erst unter vier Augen mit meinen Eltern und
hinterließ einen dicken Briefumschlag für Sacha, den ihr
mein Vater nach ihrer Rückkehr geben sollte.
Als Herr Martens unser Haus verließ, umarmte er mich
heftig.
Ich schaute ihm nach, und dachte: >Er hat sich für
immer von mir verabschiedet. <
Jedenfalls fühlte es sich so an.
Abends beim Essen waren meine Eltern ungewöhnlich
schweigsam. Das war bei uns nicht üblich.
Es gab immer etwas zu erzählen, und keiner versteckte
sich hinter einer Zeitung. Im Gegenteil, Sacha meinte
einmal, sie könne bei uns nicht mitessen, weil sie vor
Lachen nicht dazu käme.
Mein Vater und meine Mutter gingen sehr humorvoll,

manchmal ein wenig ironisch miteinander um. Ihre oft heftigen Wortgefechte reizten uns natürlich zum Lachen.

An diesem Abend war das nicht so. Sie warfen sich bedeutungsschwere Blicke zu. Endlich raffte mein Vater sich auf und sagte:

"Wenn Sacha von ihrer Reise zurückkommt, wird sie leider ihren Vater nicht mehr zu Hause antreffen. Wenn sie Glück hat, oder er Pech, je nachdem, von welchem Standpunkt aus man die Sache betrachtet."

Ich hielt die Spannung nicht mehr länger aus und unterbrach ihn.

"Was willst du mir damit verklickern?"

Mein Vater holte tief Luft, dann ließ er die Katze aus dem Sack.

"Sachas Vater geht heute Abend ins Hospiz."

"Hä, ich verstehe nicht!"

Ungläubig schaute ich zwischen meinen Eltern hin und her. Betreten blickten sich meine Eltern an.

Ich stand auf meiner langen Leitung und verstand rein Garnichts. Endlich fiel bei mir der Groschen.

"Ihr meint, er geht in so ein Hospiz, wo unheilbar Kranke

sind." Beide nickten unisono.

Mir hatte es die Sprache verschlagen. Ich konnte das Ganze nicht glauben. Ich vergewisserte mich noch einmal.

"Herr Martens ist wirklich so krank. Sacha hat nie davon erzählt."

Meine Mutter, die bisher geschwiegen hatte, mischte sich ein und erklärte mir, dass Sachas Vater schon sehr lange krank gewesen wäre, er das, aber vor ihr geheim gehalten hätte. Inzwischen sei die Krankheit soweit fortgeschritten, dass1 ihre äußeren Zeichen deutlich sichtbar seien. Und sein Tod unausweichlich. Wütend sprang ich vom Tisch auf und schrie: "Ihr habt das die ganze Zeit gewusst und uns nichts gesagt!"

Mir schossen die Tränen in die Augen.

"Und Sacha schipperte die ganze Zeit ahnungslos auf dem

Ozean herum. Sie hatte nicht den Hauch einer Chance sich von ihm zu verabschieden."

Ich hielt es in der Küche nicht mehr aus, und rannte nach oben in mein Zimmer. Dort ließ ich mich auf mein Bett fallen und heulte hemmungslos.

Ich weiß nicht mehr, wie lange ich so dagelegen habe. Irgendwann schlief ich zwischen Heulen und Wütend sein vor Erschöpfung ein. Es war noch stockfinster draußen, als ich mit Kopfschmerzen erwachte.

Ich schleppte mich ins Bad und wusch mein Gesicht mit kaltem Wasser. Danach machte ich mich bettfertig und rollte mich unter meiner Decke zusammen.

Als ich erwachte, strahlte die Sonne in mein Zimmer, als sei alles in schönster Ordnung. Es war Samstag und ich hatte Ferien.

Meine Mutter saß allein in unserer Küche und las die Zeitung. Ich nahm mir einen Becher Kaffee und setzte mich zu ihr. Sie ließ ihre Zeitung sinken: "Alles in Ordnung?" Ich krächzte: "Ja."

"Du musst verstehen, dass wir den letzten Wunsch von Sachas Vater erfüllen. Er wollte nicht, dass Sacha ihn leiden, sah. Er wollte es ihr und uns ersparen. Er hoffte inständig, dass Sacha nicht rechtzeitig zurück sein würde.

Auch wir sollten ihn nicht besuchen. Wir erhielten einen Telefonanruf."

Meine Mutter umarmte mich. Sie flüsterte mir zu.

"Denk nicht mal daran!"

Mit Nachdruck setzte sie hinzu: "Er will es nicht."

Es erstaunte mich immer wieder, wie gut sie mich kannte.

Natürlich hatte ich geplant, Sachas Vater im Hospiz zu besuchen. Ich gab mich geschlagen und hoffte auf ein baldiges Ende seines Leidens.

Vor einer Woche war der gefürchtete Anruf gekommen. Herr Martens hatte seine Beerdigung im Voraus geplant, gestern wurde er zu Grabe getragen. Und heute kam Sacha, ahnungslos von ihrer großen Reise zurück.

15 SACHA

Ich marschierte mit meinem Schrank von Koffer den Bahnsteig entlang zum Fahrstuhl.

Auf gar keinen Fall würde ich dieses Ungetüm die Treppen hinab wuchten. Ungeduldig wippte ich mit den Füßen, während ich darauf wartete, dass sich endlich die Türen öffneten und ich nach oben in die Halle fahren konnte.

Nebenher überlegte ich, was meinen Vater davon abgehalten hatte, mich abzuholen.

Was es auch immer sein mochte, ich war mir sicher, dass es wichtig war. Der Fahrstuhl kam, die Türen öffneten sich, ich stieg ein. Und sah, wie Charlie den Bahnsteig

entlanggerast kam. Geistes gegenwärtig schob ich meinen Koffer in die Tür. Ich stieg wieder aus und winkte wie verrückt, um sie auf mich aufmerksam zu machen. Endlich hatte sie mich erspäht und kam auf mich zu.

Ich blickte ihr entgegen. Und erschrak. Meine immer fröhliche Freundin eilte mit einem ernsten Gesicht und geschwollenen Augen auf mich zu. Sie zog mich sofort in ihre Arme und brach in Tränen aus.

Erschrocken klopfte ich ihr auf den Rücken, um sie zu trösten. "Na, na, was ist so schlimm?"

Ich nahm nicht wahr, was sie stammelte.

"Es tut mir so leid." Erstaunt fragte ich nach, was ihr so leidtäte. Sie griff sich meinen Koffer und schluchzte, komm mit: "Sie warten oben."

Fassungslos folgte ich ihr zurück in den Fahrstuhl. In der

Bahnhofsvorhalle erwarteten uns ihre Eltern. Charlie stürzte sich in die Arme ihrer Mutter und stammelte: "Ich konnte es ihr nicht sagen."

Ich blickte mich suchend nach meinem Vater um. Konnte ihn jedoch nirgends erblicken.

Hier stimmte etwas ganz und gar nicht. Mein Magen verknotete sich. Ich bekam Schnappatmung. Panisch atmete ich ein und aus. Charlies Vater trat auf mich zu, umarmte mich und sagte.

"Mein Beileid, Sacha." >Mein Beileid?< Das sprach man doch nur aus, wenn jemand gestorben war?< Endlich begriff ich. Mein Vater!

Meine Knie wurden weich und gaben unter mir nach. Mein Herz klopfte zum Zerbersten, die Welt drehte sich um mich herum.

Ich drohte zu stürzen. Herr Werner stützte mich Sonst wäre ich einfach auf den Boden gerutscht. Ich setzte mich auf meinen Koffer. Da saß ich in mitten der Menschen um mich herum und begriff, dass das Beileid mir gegolten hatte. Mein Vater war gestorben.

***

Ich konnte es nicht fassen. Charlie hockte sich vor mich und blickte mir in die Augen.

"Sacha? Sacha bitte!"

Ich sah sie ihren Mund öffnen und schließen, wie ein Fisch auf dem Trockenen. Aber ich hörte nichts. Kein Laut kam bei mir an. Ich hatte nur ein hohes Pfeifen im Ohr.

Ich sah mich um. Beine liefen auf mich zu, stoppten vor mir und bogen unwillig ab. Ich spürte nichts absolut nichts. Ich war in einer Blase gefangen. Keine Außenwelt drang zu mir hinein.

Dann ein Knall, und meine schützende Hülle zerplatzte. Ich spürte den Koffer auf dem ich saß, und ich verstand Charlies Worte.

Mühsam rappelte ich mich auf. Frau Werner legte ihre Arme um meine Schultern und stützte mich, während sie leise auf mich einredete.

Wir verließen das Bahnhofsgebäude und gingen zum Parkplatz. "Frau Werner fragte mich, ob ich zum Friedhof wollte. Ich nickte.

Obwohl der Tag für Anfang März ungewöhnlich warm war fröstelte ich. Mir war kalt, eiseskalt.

Die Sonne strahlte vom blauen Himmel, der Kiesweg zum Grab meines Vaters war ein strahlendes Band. Die Vögel zwitscherten in den Hecken. Ich fühlte nur leere. Es kam mir so ungerecht vor.

Das schöne Wetter und ich stand an dem unscheinbaren Gemeindschaftsurnengrab und weinte in mich hinein. Blumen und ein Kranz lagen auf der Stelle, in der die Urne meines Vaters versenkt war. An der Mauer gegenüber waren Marmorplatten angebracht. Auf ihnen wurden die Namen der Verstorbenen eingemeißelt. Der Name meines Vaters stand noch nicht auf der Tafel, das würde erst in ein paar Monaten geschehen, wenn diese Urnenstelle voll wäre. Charlie stand neben mir, sie hielt einen Blumenstrauß in der Hand. Sie reichte mir die Blumen.

"Ich hoffe, du findest diesen Frühlingsstrauß passend. Ich war der Meinung, dein Vater hätte sich solch einen Strauß gewünscht."

Ich legte die Blumen ab und ging.

Abseits unter einer Platane stand eine Bank.

Während ich die Bäume betrachtete, fiel mir ein, Vater hatte sie Friedhofsbäume genannt. Er hatte recht gehabt. Hier standen sie zuhauf und spendeten im Sommer Schatten.

Charlie setzte sich neben mich. Ihre Eltern standen und warteten.

"Du solltest heute nicht allein bleiben. Komm mit zu uns. Wie können morgen immer noch zu dir nach Hause gehen."

Ich war Charlie dankbar für ihre Hilfe, aber ich war auch wütend.

Vor ein paar Tagen hatten wir miteinander telefoniert. Wir plauderten über Belanglosigkeiten, hatten gescherzt und gelacht. Mit keiner Bemerkung hatte sie erwähnt, dass es mit meinem Vater nicht zum Besten stand.

"Nein, danke für euer Angebot. Ich denke ich sollte heute nach Hause gehen.

"Wie du willst."

Charlie sah mich an. "Du musst dir das nicht antun, weißt du." Ich erwiderte mit kratziger Stimme: "Ich weiß."

Entschlossen erhob ich mich und ging an den wartenden Werners vorbei.

"Ich sollte jetzt nach Hause gehen. Danke für alles.".

16 MARK

Ich saß an meinem Schreibtisch und wartete. >Wo blieb der Kerl?<

Ich hatte zu tun. Der Quartalsabschlussbericht musste geschrieben werden. Die Daten waren zu brisant, als dass ich den Bericht meiner Sekretärin hätte diktieren können. Also schrieb ich ihn selber.

Endlich, die Maierin steckte den Kopf zur Tür herein und meldete:

"Draußen ist so ein schmieriger Kerl, der meint, er hätte bei Ihnen einen Termin!"

Erleichtert erhob ich mich und sagte: "Frau Maier, ich lasse bitten.

Und Maierin bringen sie uns bitte noch Tee."

Meine Sekretärin nickte und ließ ihn eintreten.

Bedeutungsvoll rümpfte sie die Nase, als er sich an ihr vorbeischob.

Ich wandte mich an meinen Gast, das ist Ihnen doch recht

oder?"

"Wenn's Ihnen nicht so viele Umstände macht hätte ick lieba e'n Bier." Ich verdrehte die Augen.

"Sie haben es gehört. Tee für mich, Bier für den Herren."

Meine Sekretärin rollte mit den Augen und feixte in sich hinein. Sie ging und war gleich darauf mit dem Gewünschten zur Stelle.

Ich deutete auf die Ledersitzgruppe. "Nehmen Sie Platz."

Mein Gast ließ sich in die Polster fallen und schlürfte ungeniert das Bier. Er setzte das halb leere Glas ab. Und stöhnte. "Man dat tat jut."

Er strich sich über seinen feisten Bauch und blinzelte mich aus seinen Schweinsäuglein an.

"Watt kann icke füa Ihnen tun?"

Ich hatte Mühe, mich, zusammenzureißen und den Kerl nicht gleich wieder hinauszuwerfen. Schließlich hatte ich ihn herbestellt.

"Ich habe einen delikaten Auftrag für Sie. Der absolute Diskretion verlangt. Können Sie mir das gewährleisten?"

"Die Detektei Huber und Schmitt ist immer…."

Ich winkte ab.

"Ja, ja, ich verstehe." Ich reichte ihm einen Hefter.

"Darin finden Sie alle Informationen, die Sie benötigen. Ich erwarte jeden Montag einen Bericht."

Ich wollte den Schnüffler so schnell wie möglich loswerden. Doch der dachte nicht daran, sich hinausbefördern zu lassen. Im Gegenteil. Genüsslich trank er sein Bier, schlug die Beine übereinander und machte es sich gemütlich.

"Ick fraje mich:, Watt is an dem Auftrach so wichtig, dass Se nich Ihre eijenen Detektive beauftrajen?"

Er grinste mich wissend an.

Ich bereute es jetzt schon. Am liebsten hätte ich dieser Ratte den Ordner aus der Hand genommen und ihn vor die Tür gesetzt. Er war leider meine einzige Chance. Ich konnte die Detektei mit der wir normalerweise zusammenarbeiten mit diesem Fall nicht beauftragen, ohne dass meine Familie Wind von der Sache bekam.

Ich biss die Zähne zusammen, lächelte und sagte: "Schauen Sie sich Ihr Honorar an und stellen Sie keine weiteren Fragen."

"Is ja schon jut. Icke will's och nich' so jenau ham."

Er stand auf. An der Tür drehte er sich noch einmal um, tippte sich an den Hut und sagte: "Bis nächsten Montach."

Ich war froh, diese Sache hinter mich gebracht zu haben. Mir blieb nur noch übrig, auf die Ergebnisse seiner Ermittlungen zu warten. Hoffentlich wurde er fündig. Ich hatte die Detektei Huber und Schmitt ausgewählt, weil sie unbekannt waren. Huber und sein Kompagnon waren ehemalige Kleinkriminelle, die die Seiten gewechselt hatten und jetzt ihre Erfahrungen in diesem Gewerbe anwendeten.

Ich war mir nicht so sicher, ob sie nicht auch noch gelegentlich die andere Seite der Straße benutzten.

Die Meierin trat ein und holte das Geschirr. Sie schüttelte den Kopf.

"Wenn das mal gut geht."

Ich drohte ihr mit dem Finger. "Sie haben schon wieder gelauscht."

Sie nickte.

"Eine gute Sekretärin muss über alles, was passiert, informiert sein. Jawohl"

Da musste ich eingestehen. Sie hatte nicht unrecht.

Ich war froh sie, zu haben. Sekretärinnen wie sie waren Goldstaub.

***

Ich steuerte meinen Porsche an den Straßenrand, bremste, hielt an und stieg aus. Hinter der hohen Ligusterhecke stand versteckt, umgeben von einem kleinen Privatpark, unsere Familienvilla.

Ich schritt die Auffahrt hinauf. Heute verspürte ich wenig Lust, im Haus bei meinen Eltern zu übernachten. Das Haus war hell erleuchtet. Das Licht erhellte meinen Weg und ließ den Kies der Auffahrt weiß glänzen.

Kurz bevor ich das Haus betrat, blickte ich an der Fassade empor. Eine schlichte Vorderfront, ohne Schnörkel. Oben ragten aus dem Dach drei Gauben heraus. Der ausgebaute

Dachboden war das Refugium von Christian und mir. Wir hatten dort jeder sein eigenes Reich.

Christian und ich sind Zwillinge. In unserer Kindheit waren wir praktisch unzertrennlich gewesen. Später änderte sich das. Ich zog aus. Jetzt bewohne ich ein Loft in einem ehemaligen Lagerhaus am Stadthafen.

"Na. Alter, kommst du endlich herein?"

Christian schlug mir freundschaftlich auf Schulter. Stürmisch umarmten wir uns. Er fragte mich:

"Hast du eine Ahnung was der Auftrieb hier soll? Ich denke, es muss wichtig sein." Spöttisch verzog er seinen Mund, "oder glaubst du an ein zwangloses Abendessen im Kreise der lieben Familie?"

Ich hatte genauso wenig Ahnung wie er.

Zusammen betraten wir das Haus. In der großen Halle empfing uns unsere Mutter.

"Da seid ihr endlich. Wir warten schon. Legt ab und kommt ins Arbeitszimmer."

Sie ging voraus und ließ die Tür hinter sich offen.

Wir betraten das private Büro unseres Alten Herren. Ich war erstaunt. Es befanden sich noch andere Leute im Raum.

Vater saß wie immer in seinem Sessel hinter dem Schreibtisch, Mutter hatte sich neben ihm auf der Lehne niedergelassen. Vor dem Schreibtisch saßen in den Sesseln, unser Prokurist Hansen und Vaters ältester Freund und Konkurrent, Knut Reddlich. Desiree, seine Tochter, saß elegant in der Sitzecke.

Ich hatte keine Lust artig von einem zum anderen zu laufen, um Sie zu begrüßen. Ich beschränkte mich daher auf ein, >guten Abend allerseits< und klopfte auf den Tisch.

Missbilligend zog meine Mutter ihre Augenbrauen bis unter ihren Haaransatz.

Wir ließen uns neben Desiree nieder. "Möchte jemand einen Aperitif?"

Geschäftig verteilte Mutter die Gläser. Desiree nippte an ihrem Getränk und strahlte uns unverhohlen an.

Christian strahlte zurück. Ich verdrehte innerlich die Augen. Wir kannten uns seit Kindertagen. Wir waren gemeinsam im Kindergarten gewesen.

In der Schule galten wir als Pärchen. "Darf ich um eure Aufmerksamkeit bitten." Vater stellte sein Glas ab und erhob sich. "Wir haben nicht ohne Grund zu diesem Abendessen gebeten.

Bevor wir uns ein köstliches Mahl einverleiben, habe ich leider eine schwerwiegende Entscheidung zu verkünden."

Hatte ich bisher nur mit halbem Ohr zugehört, jetzt wurde ich aufmerksam. Und das, was unser Senior, dann von sich gab, war weder begeisternd noch beruhigend.

Am Ende des Abends waren die Reedereien Reddlich und de Fries zur Großrederei Reddlich und de Fries fusioniert.

Und Desiree und ich waren zu gleichen Teilen Geschäftsführer.

Ich wusste, dass es schlecht um unsere Reederei stand. Das wir tiefrote Zahlen schrieben, trotz allem hatte ich gehofft, das Ruder noch herum reißen zu können.

Außerdem würde die neue Großreederei, eine Aktiengesellschaft werden.

Den Börsengang hatten mein Vater und Knut hinter unserem Rücken vorbereitet.

Ich war geschockt. Desiree, dagegen schien von der Nachricht nicht sonderlich überrascht zu sein.

Als ich ging, trat sie zu mir und gurrte: "Ich freue mich mit dir zu arbeiten." Ihr schweres süße Parfüm stieg mir in die Nase.

Ich fand den Geruch abstoßend. Sofort blitzte die Erinnerung an Sacha am Morgen nach unserer Nacht auf. Sie roch frisch, sauber, nach Seife.

Ich schob Desiree leicht von mir.

"Bis Morgen im Büro."

Damit ging ich zu meinem Wagen und fuhr nach Hause. Ich sehnte mich nach Ruhe und einem gepflegten Glas Whiskey.

Im Laufe der Jahre hatte ich mir die asiatische Methode im

Umgang mit Problemen angeeignet. Wie die Asiaten beschäftigte ich mich nur, mit dem jeweiligen Problem, wenn ich in der Lage war es auch zu lösen. Mit dem Ärgernis Desiree und unserer gemeinsamen Geschäftsführerrolle, wollte ich mich erst morgen beschäftigen. Für heute hatte ich die Nase voll.

17 SACHA

Das Telefon klingelte Sturm. Ich hatte mich in eine
Sofaecke gekauert und starrte vor mich hin. Der alte
Plattenspieler plärrte.
Seit Stunden hörte ich ein-und dieselbe Platte. Es war
ein alter Duke Ellington Titel.
Die LP gehörte zu den Lieblingsplatten meines Vaters.
Ich
mochte diese Art von Musik nicht besonders. Früher
hatte ich mich immer über ihn lustig gemacht, wenn er
wieder mal strahlend aus dem Antiquariat mit einer alten
LP unterm Arm nach Hause kam. Jetzt fühlte ich mich
ihm nahe.
Widerstrebend kroch ich unter meiner Decke hervor
und
schlurfte in den Flur zum Telefon.
Ich nahm ab. Charlie war dran. Ich hatte Mühe ihr zu
folgen. Sie sprudelte fast über vor Enthusiasmus. Sie
wollte mich besuchen.
Sie käme jetzt vorbei. Ich hielt den Hörer etwas von
meinem Ohr weg, sie schrie so laut, ich hätte sie auch
ohne Telefon verstanden. Und dann war Stille. Sie hatte
aufgelegt. Ich verkroch
mich zurück auf das Sofa. Der Arm des Plattenspielers
kratzte über die Platte. Ich nahm ihn hoch und legte ihn
auf die Gabel.

Ich fühlte mich ausgelaugt und müde. Befürchtete aber, im Bett nicht schlafen zu können. Also beschloss ich, auf dem Sofa zu bleiben und fernzusehen. Im Grunde genommen war es mir schnurzegal, was ich sah. Hauptsache, ich hörte Stimmen. Langsam wurden die Stimmen leiser und leiser.

Aufgeschreckt fuhr ich in die Höhe. Ich sah mich um. Da war es wieder, das schrille Läuten, das ich gehört hatte, es kam von

unserer Wohnungstür. Zähneknirschend wälzte ich mich vom Sofa.

"Ja doch, ich komme."

Ich stapfte zur Tür. Draußen wurde ungeduldig angeklopft.

"Sacha, nun mach endlich auf. Wir sind es."

Durch den Spion sah ich, dass draußen Charlie und ihr Vater standen.

Ich ließ die zwei eintreten.

"Das hat aber gedauert. Was hast du so lange gemacht? Wir klingeln hier mindestens schon ein paar Minuten."

Ich nuschelte: "Bin eingeschlafen."

"Aha, das erklärt alles."

Charlie sah sich um. "Wo ist dein Koffer?"

"Welcher Koffer?« Ich schaute sie verständnislos an.

Charlies Vater, der neben ihr stand, sah zwischen mir und Charlie hin und her. Dann meinte er, "Bist du dir sicher, dass Sacha gesagt hat, sie ziehe bei uns ein?"

"Ich tue, was?" Verblüfft guckte ich meine Freundin an.

Die betrachtete eine imaginäre Fliege an der Wand.

Dann zuckte sie hilflos mit den Schultern und stotterte:
"Wenn ich es dir gleich gesagt hätte, dann hättest du sofort

Nein gebrüllt.

Aber jetzt fällt es dir viel schwerer, unseren Vorschlag abzulehnen."

"Von welchem Vorschlag sprichst du?" Charlie, tat so, als wüsste ich Bescheid und erklärte entnervt:

"Habe ich dir doch gesagt, du ziehst vorläufig zu uns."

Entgeistert, überlegte ich wann und wo, ich zugestimmt haben

sollte, bei den Werners einzuziehen. Ich hatte beim besten Willen keinen blassen Schimmer.

Kleinlaut gab Charlie schließlich zu, dass sie mich überrumpeln wollte.

Ich saß in der Falle. Krampfhaft dachte ich darüber nach, wie ich da wieder herauskam.

Einerseits wollte ich meine Ruhe haben, andererseits zog es mich von hier weg. Außerdem wollte ich die Werners, nicht vor den Kopf stoßen. Sie waren so liebevoll besorgt um mich, dass es mir schwerfiel ihnen abzusagen.

"Seid mir nicht böse, aber ich möchte heute allein bleiben."

Widerspruchslos nahm Charlie meine Entscheidung hin. Ich sah ihr die Enttäuschung an, trotzdem fügte sie sich. Beim Hinausgehen, drückte mir ihr Vater noch den Briefumschlag in die Hände.

"Ich verstehe dich", er tätschelte meine Schulter.

"Komm in den nächsten Tagen bei uns vorbei, dein Vater hat noch einen wichtigen Ordner für dich, bei uns hinterlegt. Den möchte ich dir gerne geben."

Ich nickte und dann schloss ich hinter ihnen die Wohnungstür.

Ich ging in die Küche, um mir einen Tee zu brühen. Den Umschlag legte ich auf den Tisch. Ich wollte ihn später lesen.

Für meine innig geliebte Tochter stand auf dem braunen Umschlag.

Ich saß da am Küchentisch und drehte den Brief in den Fingern herum. Irgendetwas, ich wusste nicht genau was es war, hielt mich davon ab das Kuvert zu öffnen und endlich den Brief zu lesen.

Schließlich gab ich mir einen Ruck und riss den Umschlag auf.

>Meine geliebte Tochter<,
 stand da mit seiner schwungvollen Handschrift geschrieben.

>Wenn du diese Zeilen liest, dann bin ich nicht mehr hier. Bitte sei nicht böse auf mich, dass ich dich fortgeschickt habe. Aber es gab einen gewichtigen Grund dafür. Ich wollte dir ersparen, mich dahin siechen zu sehen. Das ich krank war, hast du seit deiner Kindheit beobachten können. Eine HIV Infektion ist auch heute noch tödlich, wenn Aids ausbricht. Es war nur eine Frage der Zeit wann es bei mir, soweit war. Ich will dir die Einzelheiten ersparen wie ich mich infiziert

habe, denn das ist für dich nicht von Wichtigkeit. Nur
so viel,

du brauchst dir keine Gedanken zu machen. Du bist
nicht infiziert.

Du wurdest per Kaiserschnitt geboren. Das war der
erste und einzige Liebesbeweis, den deine Mutter für
dich erbracht hat, bevor sie uns verließ.

Ich hatte sie unwissentlich angesteckt. Sie war mit dir
schwanger und wollte dich abtreiben. Dank moderner
Medizin und einer Menge Geld konnte ich

sie überreden dich zu behalten und auszutragen. Es war
ihr Wille, dich nach deiner Geburt nicht zu behalten. Ihr
Hass auf mich erstreckte sich nicht nur auf mich,
sondern auch auf dich. Trotz allem habe ich dir eine
Visitenkarte beigelegt. Das war ihre letzte Adresse.

Ich nahm die kleine Karte in die Hand und las.

Dr. Katherin Bauer

Dresdener Str. 6

München

Sie war ans andere Ende Deutschlands geflohen.

Meine Mutter war ein Doktor. Ich grübelte darüber
nach, was für ein Doktor sie wohl war. Ein Arzt oder
irgendwas anderes.

Es gab viele Doktoren und nicht jeder musste etwas mit
Medizin zu tun haben.

Ich ließ den Brief sinken, eiserne Bänder hielten meine
Brustumklammert. Mühsam holte ich Luft, diese
Nachricht, musste ich erst einmal verdauen.

Der Rest des Briefes enthielt nur noch Informationen für mich, die mein Erbe betrafen.

Mein Vater verabschiedete sich von mir und dem Leben mit der Bitte, ich solle ihm nicht böse sein, und er wünschte mir alles Glück dieser Erde.

18 Mark

Nach diesen äußerst unerquicklichen Abendessen fuhr ich nach Hause. Ab Morgen würde ich also gemeinsam mit Desiree, die neues Firma leiten. Ich hatte keine Ahnung, was auf mich zukam.

Ich betrat mein Loft. Wie immer warf ich den Schlüssel in die Schale auf dem Sideboard. Den Stapel Briefe, der daneben lag, ignorierte ich geflissentlich.

Mit einem Whisky in der Hand trat ich hinaus auf meine Dachterrasse.

Von hier oben hatte ich einen unverstellten Blick auf die City und den Stadthafen.

So spät in der Nacht war es still. Keine Verkehrsgeräusche oder sonstiger Lärm, welcher Tags die Luft erfüllte, waren zu vernehmen.

Leise schwappte das Wasser an die Schiffswände und die

Hafenkante. Im Stadthafen lagen einige Großsegler vor Anker.

Ich überlegte, ob ich mir ein gemütliches Bad in meinem Jacuzzi gönnen sollte. Diese Freiluftwanne hatte ich mir extra auf die Terrasse bauen lassen. Sogar jetzt im Vorfrühling war das Wasser angenehm warm und entspannend. Doch bevor ich mich entschieden hatte, hörte ich, wie Christian kam. Er hatte einen Schlüssel zu meiner Wohnung, und konnte kommen und gehen, wie es ihm beliebte.

"Hallo! Jemand da?"

"Ja, ich bin draußen."

Die Tür des Kühlschrankes öffnete und schloss sich.

Mit einem Bier in der Hand trat Christian neben mich. Er hob die Flasche, "Auch eins?"

"Bediene dich ruhig aus meinem Schrank," lästerte ich.

Mit dem Feuerzeug öffnete er die Flasche und nahm einen

Schluck, er sah mich von der Seite an.

"Du hattest keine Ahnung von Vaters Plänen. Habe ich recht?"

"Wie man`s nimmt, dass was im Busch ist, habe ich geahnt, wenn man bedenkt, welche Unsummen an Geld in den letzten Monaten abgeflossen sind. Teils weil wir Strafen, wegen verspäteter

Lieferzeiten, zu bezahlen hatten, teils, weil Vater Gelder auf andere Konten umgewidmet hatte."

Letztendlich musste es soweit kommen. Ich dachte nur nicht, dass er mit Reddlich zusammengeht."

"Du meinst, er hat sich ein fürstliches Gehalt gezalt, um das Gestüt aufzubauen."

Ich nickte, "So wohl, als auch. Die Pferde fressen uns im wahrsten Sinn des Wortes die Haare vom Kopf. Trotzdem erklärt das nicht Alles."

"Was meinst du damit?" Ich zuckte mit den Schultern:
"Ich habe da, so eine Ahnung, kann es im Augenblick,
aber nicht beweisen.

Ich werde schon noch dahinterkommen. Nicht umsonst
habe ich Marketing und Wirtschaft studiert."

Christian sah mich an und fügte hinzu: "Genau wie ich"
Dann wechselte er das Thema: "Was hältst du von
Vaters Vorschlag, dich mit Desiree zusammen zu tun."
Ich wandte mich um und sah meinen Bruder direkt an.

"Wenn du mich so fragst, überhaupt nichts."

"Wir kennen sie seit dem Kindergarten und aus
taktischen
Gründen wäre die Idee nicht schlecht. Du solltest
darüber nachdenken."

"Du spinnst, das ist keine Basis für ein Leben lang."
Christian schob die Hände in die Hosentaschen und
schlenderte lässig auf meiner Dachterrasse herum, dabei
erörterte er die Vorteile, die es bringen würde, wenn ich
in den sauren Apfel beißen und eine Verbindung mit
Desiree eingingen.

An der Stelle klinkte ich mich aus. Christian schwafelte
weiter, ich checkte nebenbei meine E-Mails.

"Ziemlich trockene Luft hier."

Aufgeschreckt sah ich zu Christian hinüber. Mit der
Flasche winkend saß er da und grinste mich an.

Ich legte mein Tablet ab und ging ihm ein neues Bier
holen.

"Hier, du faule Socke." Ich reichte ihm die Flasche.

"Vorhin wusstest du auch, wo der Kühlschrank steht, nächstes
Mal, gehst du selber."
"Ist es wegen ihr?" Er schwenkte mein iPad vor
meinem Gesicht hin und her.
"Hübsches Kind, die Kleine!"
Ärgerlich nahm ich ihm mein Tablet ab. "Das geht dich
nicht das Geringste an."
"Naa, Alter ist mir was entgangen?"
Er wackelte vielsagend mit den Augenbrauen.
"Nein! Und wenn, wirst du der Letzte sein, mit dem ich
mein Liebesleben erörtere." Christian ließ nicht locker.
"Das sind, ja ganz neue Töne, die ich von dir höre."
Ich gab mich geschlagen und berichtete ihm.
"Ich habe sie auf dem Schiff kennengelernt. Ich fand sie
niedlich.
Aus diesem Grund fotografierte ich sie."
"Aha!" Bohrte Christian weiter. "Hat die Schönheit
einen Namen?"
"Keine Ahnung. Sie wird schon irgendwie heißen."
Ich zuckte mit den Schultern.
"So, so, irgendwie." Christian grinste von einem Ohr
zum anderen.
Ertappt knurrte ich: "Halte die Füße still."
Christian hob die Hände. "Schon, gut. Ich gebe auf."
Stattdessen fing er abermals an, von Desiree zu
schwärmen.

"Desi hat sich in den letzten Jahren sehr verändert. Ich sehe sie noch vor mir mit diesen Zöpfchen und Zahnspange." Bei dieser

Erinnerung musste ich unwillkürlich schmunzeln und meinte zu Christian:

"Du bist ein unverbesserlicher Snob. Meinst Du, wir sahen besser aus? Wir waren Nerds mit Zahnspange. Du hattest dazu noch diese Riesenbrille auf der Nase."

"Die trage ich immer noch."

Ich nickte: "Im Unterschied zu damals – jetzt ist sie modern.

Gott sei Dank, bin ich auf Kontaktlinsen umgestiegen. So sind wir leichter zu unterscheiden."

Christian lachte.

"Du vergisst das hier." Er zeigte auf sein Handgelenk.

Versteckt unter der Uhr trug er genau wie ich ein Tattoo unserer jeweiligen Initialen.

Ich nahm unser Gespräch von vorhin auf.

"Warum gehst du nicht mit Desi aus, wenn du sie so cool findest."

Ernst erwiderte er, "Würde ich tun. Aber du warst ihr Ritter.

Außerdem hat sich mein Beuteschema im Laufe der Zeit verändert.

Ich bevorzuge kleine niedliche Frauen. So wie deine Unbekannte."

Jetzt war ich am Staunen, bisher war mir das nie aufgefallen. Dabei waren wir als eineiige Zwillinge uns mehr als nur ähnlich.

"Ihr Name ist Sacha." Aus seinen Gedanken gerissen starrte Christian mich an.

"Wer?"

"Das Mädchen auf meinem iPad. Sie war Passagierin auf der Freedom. Wir hatten Sex."

"O-Ha!" Chris pfiff durch die Zähne."

"Ich mochte sie."

"Jetzt nicht mehr?", hakte er nach.

"Ich bin hin -und hergerissen. Sie ist so verdammt jung."

Er rempelte mich freundschaftlich an.

"Vergiss es. Es ist vorbei." Ich trat an die Balustrade und schaute über die Stadt.

"Ist es nicht! Sie war noch Jungfrau und ich glaube, dass das Gummi dabei gerissen ist."

"Bist du sicher?" Ich hob die Schultern: "Ziemlich!"

»Hast du es ihr gesagt. Ich meine das mit dem Kondom."

"Nein."

Ich setzte mehr für mich, als für meinen Bruder hinzu: "Als würde das etwas ändern."

19 Sacha

Entschlossen klappte ich den Aktenordner zu. Seit drei Tagen hatte ich mich mit nichts anderem als den Akten beschäftigt.

Und soweit ich diese verstanden hatte lag bei einem Notar, eine Verfügung meines Vaters für mich bereit. Am nächsten Morgen hatte ich einen Termin bei ihm. Ich hatte es mir leichter vorgestellt, allein zu leben. Hin und wieder beschlich mich leichter Zweifel, ob meine Entscheidung nicht zu den Werners zu ziehen, richtig gewesen war. Als ich sie besuchte und ich ihnen meine Entscheidung mitteilte, konnte

Charlie ihre Enttäuschung nicht verbergen. Sie hatte sich eine romantische Schwesterbeziehung, in der Art von Hanni und Nanni, mit mir vorgestellt. Ich dagegen war davon überzeugt, dass mir das Schicksal eine Prüfung auferlegt hatte und ich diese bestehen musste. Trotz allem waren Behördengänge anstrengend und nervig. Ich war froh, dass Charlotte mir meine Entscheidung nicht übel nahm und mir ihre Freundschaft kündigte.

Im Gegenteil, wir beschlossen, eine Veränderung nötig zu haben und gingen zum Friseur.

Und so war aus mir ein Schneewittchen geworden und aus der blonden Charlotte wurde die rote Zora.

***

Ich schritt die Stufen zum Gerichtsgebäude hinauf. Als ich die Sicherheitsschleuse passiert hatte, ging ich zum Notariat. Meine Absätze klapperten auf dem blank geputzten Steinboden. Hoffentlich wirkte ich erwachsen genug, angetan mit dunklem Kostüm
und Pumps. In meine übergroße Ledertasche hatte ich neben meinem Notebook auch noch den Aktenordner geschoben.

Jetzt zog mir die Last der Tasche die Schulter herunter. Ich betrat das Büro. Die Vorzimmerdame schielte über ihren Brillenrand. Mich beschlich das Gefühl unter einem Scanner zu liegen.

"Sie wünschen?"

"Mein Name ist Martens, Sacha Martens." Ich blickte auf meine Uhr am Handgelenk.

"Ich habe jetzt um 10:00 Uhr einen Termin."

Die Sekretärin blätterte in einem Terminbuch: "Oh ja, hier ist es."

Sie schob sich den Stift hinters Ohr, erhob sich, und tänzelte zum Arbeitszimmer ihres Chefs.

"Ich melde sie an."

Sie hielt mir die Tür auf.

"Bitte! Sie werden erwartet."

Ich war erstaunt, mir stand ein junger Mann mit zur Begrüßung ausgestreckter Hand gegenüber. Bisher hatte ich mir den Notar als älteren Herren mit Brille, Glatze und Bauchansatz vorgestellt.

Diese Vorstellung war natürlich vollkommener Quatsch, wie das lebende Exemplar vor mir bewies.

Ich nahm vor seinem Schreibtisch Platz und er kam ohne Umschweife sofort zur Sache. Er blätterte die Akten auf und las vor.

Monoton im schönsten Juristendeutsch leierte er den Text herunter.

Ich hatte Mühe, ihm zu folgen.

Letztendlich blieb bei mir hängen, dass ich einen Treuhandfond

besaß, aus dem ich monatlich Geld für Miete und Lebensunterhalt auf mein Konto überwiesen bekam.

Der Notar rieb sich die Hände.

"So, das war`s. Haben Sie noch Fragen? Alles verstanden?"

Der Kloß in meinem Hals drückte, und ich musste mich räuspern. Ehe ich antworten konnte.

"Wenn ich ehrlich bin, habe ich keine Ahnung von dem, was Sie mir hier vorgelesen haben. Könnten Sie so nett sein und mir das alles noch einmal erklären?"

Der Notar schob genervt die Akten zur Seite, faltete die Hände und begann mir das Ganze noch einmal zu erklären.

"Frau Martens, Ihr verstorbener Vater hat Ihnen ein Konto eingerichtet, aus dem sie monatlich Geld überwiesen bekommen.

Sie sind Alleinerbin. Mit den persönlichen Sachen und der

Wohnungseinrichtung können Sie nach eigenem Belieben verfahren.

An das Geld dagegen hat Ihr Vater Bedingungen geknüpft.

Ich bin als ihr Treuhänder eingesetzt. Und ich werde Ihnen monatlich Geld für die Miete und den Lebensunterhalt überweisen. Erst wenn sie einundzwanzig Jahre alt geworden sind, können Sie über Ihr Vermögen verfügen. Ihr Vater wünscht, dass Sie Ihre schulische Ausbildung abschließen."

Ich war geplättet. Da besaß ich Geld und konnte nicht darüber verfügen.

Ich widersprach: "Aber ich bin volljährig. Wieso diese Regelung?"

Der Notar zuckte die Achseln.

"Es tut mir leid, darüber bin ich nicht befugt, Ihnen Auskunft zu geben. Ihr Vater wird seine Gründe gehabt haben. Leider kann ich Ihnen nichts weiter dazu sagen."

Er reichte mir die Hand, brachte mich zur Tür. Und schwupp stand ich im Revier des Vorzimmerdrachen.

Zurück zu Hause, nahm ich mir die Kontoauszüge meines Fonds, die der Notar mir ausgehändigt hatte vor. Ich rechnete das vorhandene Geld auf. Ich verglich meine Ausgaben für Miete und so weiter zusammen und verglich es mit dem, was ich zu erwarten hatte. Doch wie ich es auch drehte und wendete, das Geld reichte zum Leben, aber für mehr nicht. Wollte ich zum Sparen kommen, musste ich meine Ausgaben verringern.

Ich machte eine Bestandsaufnahme. Mit Block und Stift bewaffnet, ging ich durch die Wohnung. Die Liste hatte ich in "Brauchen" und "nicht brauchen" eingeteilt. Ich notierte
schlicht alles. Möbel, Wäsche, Bücher, einfach alles. Schließlich hatte ich meine akribisch sortierte Liste fertig. Blieb nur noch der Keller. Dazu musste ich nicht extra hinuntersteigen.

Ich wusste auch so, was dort gelagert war. Mein geliebtes
rosa farbenes Holländerrad.

Erschöpft ließ ich mich in unserer, ach nein, in meiner Küche auf die Eckbank sinken. Ich überlegte ob ich mir noch einen Kaffee oder doch lieber einen Tee brühen sollte. Ich hatte mich mit Charlie verabredet, und allmählich wurde die Zeit knapp.

Ich entschied mich für Tee. Seit ein paar Tagen vertrug ich
Kaffee nicht mehr so gut. Während ich den Früchtetee trank, verglich ich die Listen miteinander. Ich seufzte, meine "Brauchen Liste" war deutlich länger, als ich gedacht hätte.

Vielleicht hatte Charlie eine Idee, was ich mit den Sachen, die ich nicht länger haben wollte, machen konnte. Sie einfach so auf den Sperrmüll zu geben widerstrebte mir zu tiefst.

Und ebay kam für mich nicht in Frage, weil ich die Portokosten scheute.

***

Wir wollten uns in der altmodischen Eisbar am Brink treffen.

Schnell duschte ich mich. Als ich vor dem Schrank in meinem Zimmer stand, fiel mir auf, dass ich seit Tagen, stets grau und schwarz getragen hatte. Mein Zimmer war zu meinem Rückzugsort geworden. Hier hielt ich mich die meiste Zeit des Tages auf. Grau und schwarze Kleidung war natürlich für meine Situation angemessen, aber ich glaube kaum, dass mein Vater gewollt hätte, dass ich in Dunkelheit versank.

Das rot-weiß gepunktete Vintagekleid lachte mich an. Mir

nichts-dir nichts hatte ich es übergezogen. Und fühlte mich wunderbar. So pin-up-mäßig. Ein Blick in den Spiegel bestätigte

mir mein Gefühl. Ich würde mit diesem Outfit perfekt zum Ambiente der Eisdiele passen.

"Huch," Fast wäre ich in der Haustür mit einem Fremden zusammengestoßen.

"Kann ich Ihnen helfen? Suchen Sie jemanden?"

"Nein, nein." Der Mann wiegelte ab.

Ich grüßte freundlich und ging.

Nach einigen Metern schaute ich noch einmal zurück und sah, wie er unsere Klingelanlage inspizierte.

Ich dachte >komischer Kauz<.

20 CHARLIE

Wir saßen seit einer gefühlten Ewigkeit, na ja so etwa 10 Minuten in der schnuckligen Eisbar, und Sacha studierte immer noch die Eis Karte. Dabei kannte sie die in- und auswendig. Seit Jahren kamen wir her, um Eis zu essen, Kaffee zu trinken und zu quatschen.

Vor allem zum Quatschen.

"Ich weiß nicht," lamentierte sie.

"Mir ist irgendwie unwohl, so um den Magen rum."

Hellhörig geworden, ließ ich meine Karte sinken, und fragte nach.

"Wie unwohl."

Sacha wedelte mit den Händen herum und meinte,

"Naja eben unwohl. Was weiß ich."

Sie dachte kurz nach und setzte hinzu: "Kommt vielleicht vom Stress."

Die Kellnerin kam, ich bestellte mir den Nussbecher mit doppelt Sahne. Sie blickte Sacha erwartungsvoll an. Die hatte eine

Hand auf ihre Magengegend gelegt und lehnte Kopf schüttelnd ab.

Ich nickte. "Da magst du recht haben."

"Was meinst Du? Womit habe ich recht?" Verwirrt schaute sie auf.

"Mit dem Stress."

"Ach so." Entschuldige, ich bin in letzter Zeit mit meinen Gedanken ständig woanders.

"Und wo warst du eben gerade?" Sie winkte ab.

Neugierig wie ich war, wollte ich wissen, wie es beim Notar ausgegangen war.

"Nun erzähl schon", drängelte ich.

"Da gibt es nicht viel zu erzählen. Ich bekomme monatlich

Geld auf mein Konto. Aber auch nur dann, wenn ich hierbleibe und zur Schule gehe. Abhauen ist nicht."

Entspannt ließ ich mich auf meinem Stuhl zurückfallen. "Ist doch gut für dich. Dein Vater hat vorgesorgt. Sei froh."

"Naja, wandte Sacha ein. Die große Tour nach dem Abi, kann ich vorerst vergessen. "Ungläubig wiederholte ich: "Welche Tour?"

Sacha verdrehte die Augen, "Das habe ich Dir schon hundert Mal erzählt. Ich wollte mit meinem Rad nach Nepal."

Ich tippte mir an die Schläfe: "Du spinnst. Ich dachte, immer das wäre nur so eine Träumerei von dir."

Ihre Miene verdüsterte sich und sie entgegnete: "Nein, das war mein voller Ernst."

Ich kicherte. "Dein Vater war ein alter Fuchs. Der hat dich

richtig eingeschätzt."

Sie seufzte laut. "Das dachte ich mir auch."

***

Ihr Magen grummelte so laut, dass sogar ich es hören konnte.

"Ich habe Hunger."

Sie erhob sich, ging zum Tresen und kam kurz darauf mit einem riesigen Milchshake zurück. Sie schlürfte ihre Milch.

"Ich habe mir überlegt umzuziehen. Ich brauche keine vier

Zimmer Wohnung, zwei tun es auch."

"Hast du dich schon umgesehen?"

Ich legte meinen Löffel ab und musterte sie.

Sie schüttelte den Kopf, "Nein, das war nur so eine Idee." Ich machte ihr den Vorschlag, doch über eine WG nachzudenken. Doch das lehnte sie rundheraus ab.

"Ich versuchte sie zu überreden, mit Mitbewohnern wäre es lustiger, sie könnte Geld sparen. Doch sie wollte es nicht. Ihr wichtigstes Argument war.

"Ich müsste ständig Rücksicht auf Fremde nehmen."

Letztendlich gab ich auf.

"Wie du meinst. Du wirst das schon hinkriegen."

"Ja", bestätigte sie. "Wenn ich nicht immer so müde wäre."

Jetzt war ich endgültig ganz Ohr. Und schlug ihr ernsthaft vor, sich von einem Arzt durchchecken zu lassen.

Sacha winkte ab. Und wechselte das Thema.

"Was gibt es Neues von der Schulfront?"

"Nichts Neues. Wenn du gelegentlich vorbeischauen würdest, dann wärst du auf dem Laufenden."

Leicht angesäuert wegen meiner versteckten Kritik sagte sie.

"Ich habe mich beurlauben lassen."

"Das weiß ich", lenkte ich ein.

"Susi und Tommi sind seit den Ferien ein Paar."

Sacha setzte ihren Becher ab, aus dem sie gerade sehr geräuschvoll die Reste des Shakes gesaugt hatte.

"Das Mauerblümchen Susi und Thomas, ein Paar. Nicht zu glauben."

Sie lachte. "Und die anderen aus unserer Clique? So lass dir
doch nicht alles aus der Nase ziehen."

Ich versuchte noch einmal sie zu überreden.

"Nichts Besonderes, komm morgen mit und sieh es dir selber an."

Sacha wiegelte ab: "Vielleicht nächste Woche."

"Es wäre aber gut, wenn du dein altes Leben weiterleben würdest", wandte ich ein.

Sie starrte nach unten und flüsterte: "Das ist unmöglich"

Ich gab mich bewusst begriffsstutzig: "Wieso?"

Sacha blickte auf, ihre Augen schwammen in Tränen.

Erschrocken sprang ich auf und umarmte sie.

"Nicht weinen, bitte weine nicht," flehte ich sie an.

"Entschuldige! Ich war mal wieder der Elefant. Du weißt
schon, der im Porzellanladen." Sie angelte sich ein Tempo aus der Tasche.

Abgelenkt, weil etwas unter dem Tisch meine Füße beknabberte, schaute ich unter den Tisch und bekam nicht mit, was sie in ihr Taschentuch nuschelte.

"Bist du ein Niedlicher." Ich tauchte unter und streichelte den Welpen, der sich vor Eifer fast überschlug.

Als ich wieder auftauchte, hatten meine Ohren Besuch von

meinen Mundwinkeln, das spürte ich genau.

Ich strahlte Sacha an.

"Hä, was hast du genuschelt?"

"Nichts, gar nichts. Mach dir keine Gedanken. Es war nichts."

"Ach, komm schon, du wolltest was erzählen. Ich war abgelenkt. Sorry. Jetzt bin ich ganz Ohr."

Sie schnäuzte sich geräuschvoll ins Tempo und wiederholte:

"Ich habe nur gesagt, dass das mit meinem Vater nicht alles war. Ich habe auf dem Schiff jemanden kennengelernt."

Hingebungsvoll löffelte ich mein nicht mehr vorhandenes Eis aus dem Becher. Um nichts in der Welt wollte ich Sacha unterbrechen, indem ich noch eine Bestellung aufgab.

Sie wurde flammendrot. Blickte sich rasch um, beugte sich zu mir über den Tisch und platzte heraus.

"Er war der Barkeeper. Wir hatten einen One-Night-Stand."

Mir blieb der Mund offen und der Löffel, den ich in ihn hinein stecken wollte, in der Luft hängen.

Es dauerte einen Moment, dann hatte ich mich gefasst.

"Das glaube ich jetzt nicht."

Völlig überrumpelt fragte ich.

"Was ist aus Deinem Grundsatz – >kein Sex vor der Ehe< geworden?"

Ich stützte meinen Kopf auf meine zusammengefalteten Hände und äugte sie voller Erwartung an.

Sacha wisperte. "Er hat mir geholfen." Ich echote! "Wie geholfen?" Und setzte leicht hämisch dazu: "

So kann man`s auch nennen."

"Wirklich, er hat mir geholfen", beteuerte sie.

"Ich hatte zu viel getrunken und meine Schlüsselkarte war weg. Er hat mich mit in seine Kajüte genommen."

Entrüstet gab ich von mir: "War ja klar, nutzt die Situation aus. Kerle sind alle bloß schwanzgesteuert."

"Pst, pst, nicht so laut." Sacha fuchtelte wild herum. Sie war puterrot im Gesicht.

"Schrei hier nicht so herum."

Ich zog ein Gesicht, von dem ich hoffte, es würde meine Abscheu widerspiegeln und zischte Sacha an.

"Stimmt doch oder etwa nicht?"

Sacha verneinte.

"Ich habe ihn angemacht", gab sie zu. "Ich bin schuld."

"Duuuu?" Ungläubig riss ich die Augen auf.

"Ich hielt es an diesem Abend für eine gute Idee. Er sah erfahren aus."

"Er sah erfahren aus? Oh Mann." Ich schlug mich an die Stirn.

"Sage mal, hast du sie noch alle? Wie kannst du nur so naiv

sein. Du und der Kerl, ihr wart sowas von blöd. Soviel Dummheit kann es doch gar nicht geben."

Ich war entsetzt.

"Weißt du wenigstens seinen Namen und seine Adresse?"

Kleinlaut gab sie zu: "Nur seinen Vornamen."

Ich verdrehte die Augen.

"Habt ihr euch wenigstens geschützt?"

Sacha zuckte die Achseln und fuhr fort, "Er war nett, richtig nett. Ich mochte ihn."

Ich fasste zusammen: "Er war nett, und offensichtlich mochtest

Du ihn, und Du weißt praktisch nichts über ihn. Aber er war nett."

Sarkastisch setzte ich hinzu: "Das ist ja schon mal was."

Ich sah Sacha an. Trotz spiegelte sich in ihren Augen.

Sie flüsterte mir zu. "Das Schlimmste kommt noch."

Sie senkte die Stimme. Ich beugte mich zu ihr über den Tisch.

"Ich hatte mir den Sex anders vorgestellt. Irgendwie romantischer. Anfangs das Schmusen und Fummeln war ganz schön.

Aber danach die Rubbelei war irgendwie doof. Ich wollte nur noch, dass es bald zu Ende war."

Dieses Geständnis verschlug mir die Sprache.

Unwillkürlich musste ich grinsen. Glucksend gab ich von mir: "Dann weißt du jetzt Bescheid."

Ich erhob mich.

"Komm, lass uns gehen. Ich für meinen Teil habe für heute genug gehört. Das muss ich erst einmal in Ruhe verdauen."

Ich verabschiedete mich von Sacha. Ich war gespannt, wie lange sie brauchen würde, um ihren Plan mit dem Umzug in die Tat umzusetzen.

21 SACHA

Es hatte nur drei Wochen gedauert, bis ich eine neue kleine Wohnung fand. Ich hatte Glück gehabt. Großes Glück.

"So, das war die Letzte." Charlie schob die Kiste in den Transporter.

Ich stand in der leeren Wohnung. Wehmütig sah ich mich in den Räumen um. Achtzehn Jahre hatte ich hier gelebt. Ein letztes Mal betrat ich mein ehemaliges Kinderzimmer. Hier hatte ich gespielt und gelernt. Jetzt waren hier die Dinge und Möbel gestapelt, die ich morgen beim Wohnungsflohmarkt verkaufen wollte. Ein gellender Pfiff riss mich aus meinen Gedanken. Ich schaute aus dem Fenster. Unten stand Charlie und winkte, ehe sie zu ihrem Vater in den Transporter kletterte und mit ihm zu meiner neuen Wohnung fuhr.

Ich stieg in den Keller hinunter. Hier stand mein geliebtes pinkes Fahrrad. Mein Vater hatte es mir vor einem Jahr geschenkt.

Liebevoll hatte er eine Ranke aus künstlichen Blumen angebracht.

Sie zierte den Einkaufskorb vorn am Lenker. Ich hatte es

nicht übers Herz gebracht, diese zu entfernen. Ich lächelte, als ich das Rad hinaus auf die Straße schob und mit ihm in mein neues Leben fuhr.

Meine neue Wohnung war nur ein paar Straßen weiter.
Ich hatte unbedingt in meinem alten Viertel bleiben
wollen. Zu viele Erinnerungen hielten mich hier fest, als
dass ich in einen anderen Stadtteil umgezogen wäre.
Als ich an kam, war der Transporter schon halb leer
geräumt. Charlie hatte unsere alte Schulclique in Marsch
gesetzt.

Manfred sprang von der Ladefläche, stürmte auf mich
zu, umarmte mich, und schwang mich dabei im Kreis
herum.
"Dornröschen, wie geht's dir?" Ich kicherte, als er mich
wieder abstellte.
"Gut! Mir geht's gut."
Er nickte in Richtung Tür.
"Die anderen sind schon oben."
"Dann werde ich mal hinaufgehen und sehen, was ich
tun
kann."
"Tu was du nicht lassen kannst." Er lachte.
"Ich komme gleich nach." Aus dem Laderaum des
Autos zog er, ein Ungetüm von Kiste, auf die ich,
Bücher geschrieben hatte,
schulterte sie und marschierte an mir vorbei nach oben.
Schon im Treppenhaus empfing mich ein Tohuwabohu.
Ich kletterte über im Flur abgestellte Kisten und betrat
mein zukünftiges Wohnzimmer.
Manni, Thommi und Susi lümmelten auf dem Ecksofa
und verschlangen belegte Brötchen.

"Susi biss herzhaft von ihrer Semmel ab, ehe sie zwischen den Zähnen vorbeiquetschte: "Was war`n los? Du kommst spät."

Ausgerechnet Susi musste auffallen, dass ich zu spät hier war.

Ich spürte, wie ich rot wurde.

Mit einem Teller belegter Brötchen kam Charlie aus der Küche.

"Da bist du ja endlich. Was war los?" Ich flüsterte ihr zu.

"Ich wollte noch einen Moment allein sein. Entschuldige."

Charlie nickte verständnisvoll.

"Verstehe! Setz dich erst mal in Ruhe hin und iss."

Sie hielt mir den Teller vor die Nase.

"Meine Mutter hat uns einen Haufen Essen mitgebracht."

Ich schlug mir an die Stirn. Beschämt dachte ich, dass es meine Aufgabe gewesen wäre für die Verpflegung meiner Helfer zu sorgen.

"Es tut mir leid, ich hätte an Essen denken müssen. Sagst Du deiner Mama danke von mir?"

"Das kannst du selber erledigen. Sie ist in der Küche. Und

schmiert für diese verfressene Bande hier:", sie zeigte in die Runde, "die Semmeln."

Als ich die Küche betrat, befüllte Charlies Mom gerade die

Kaffeemaschine. Sie schaute auf und lächelte mich an.

"Hallo, mein Mädchen:" Sie umarmte mich. "
Wie geht es Dir?"
Sie schob mich ein wenig von sich ab. Liebevoll
musterte sie mich. Mit traten die Tränen in die Augen.
Ich war überwältigt, so viele Leute kümmerten sich um
mich. Damit hatte ich nicht gerechnet.
Verlegen stotterte ich: "Ich wollte mich für die Hilfe
bedanken."
Sie winkte ab. "Schon gut. Es ist schließlich dein erster
Umzug.
Beim nächsten Mal weißt du was alles noch so dazu
gehört."
Sie schob mich aus der Küche. "Geh und zeige den
Jungs, wo die Möbel stehen sollen. Schließlich willst du
heute hier schlafen."
"Was bin ich froh, dass wir es geschafft haben alle
Möbel an ihren Platz zu stellen."
Ich legte meine Füße auf die große Schifferkiste, die
mir, als Couchtisch diente.
"Die restlichen Sachen, kann ich in den nächsten Tagen
einräumen."
Charlie ließ sich neben mich fallen, stopfte sich eine
Handvoll Popcorn in den Mund und nuschelte.
"Denscht dran, wasch du heute Nacht träumscht, dasch
geht in Erfüllung."
Ich sah Charlie von der Seite an. "Bitte bleib hier. Ich
glaube, ich fürchte mich ein wenig."
Die Augen kugelrund aufgerissen, beäugte sie mich und
wiederholte ungläubig:

"Du fürchtest dich?"

Ich nickte betreten.

Ausgelassen kicherte Charlie. Sie tat so, als würde sie ernsthaft nachdenken.

Dann meinte sie großmütig: "Wenn du solch ein Angsthase bist, dann muss ich wohl oder übel hier schlafen."

***

Zufrieden mit uns und der Welt lümmelten wir herum. Abwechselnd zappten wir uns durchs Fernsehprogramm. Bei einer belanglosen Dokusoap blieben wir hängen.

Die Dokumentation handelte von Teenie Müttern.

Eines der Mädchen erzählte, dass sie zu Anfang ihrer Schwangerschaft sehr unter Gelüsten, Appetitlosigkeit und Müdigkeit gelitten habe.

Wir waren inzwischen von Popcorn über Schokolade zu salzigen Chips übergegangen.

Wie vom Blitz getroffen ließ ich die Chips, die ich mir in den Mund schieben wollte, zurück in die Tüte rieseln.

Ich rechnete im Stillen. Das konnte nicht wahr sein.

Noch einmal zählte ich die Tage in Gedanken nach. Es waren inzwischen Wochen. Ich war drüber.

Charlie durch meine plötzliche Unruhe aufmerksam geworden:

"Ist alles in Ordnung?" Sie musterte mich besorgt.

Ich holte tief Luft: "Alles okay."

Charlie gab sich mit meiner Antwort zufrieden. Doch ich kannte sie. Sie war von jeher, aufmerksamer, als mir lieb war. Also setzte ich eine, wie ich hoffte ausgeglichene Miene auf.

Ich streckte mich und gähnte betont herzhaft.

"Ich bin müde, ich werde schlafen gehen."

Charlie stimmte mir zu.

"Okay, morgen ist noch viel zu tun." Sie klopfte neben sich auf die Couch.

"Ich rolle mich gleich hier zusammen."

Auf dem Weg ins Bad, holte ich mir so unauffällig wie möglich meine Tasche. Charlie hätte sich doch sehr gewundert, wenn sie gesehen hätte, wie ich mit Handtasche im Bad verschwand.

Ich setzte mich auf den Toilettendeckel, nahm meinen Kalender zur Hand und zählte die vergangenen Wochen seit meiner letzten Periode nach. Langsam bekam ich ein panisches Gefühl.

Mein Herz schlug in wildem Stakkato. Meine Augen brannten von dem Schweiß der mir von der Stirn tropfte.

Kein Zweifel, ich war überfällig. Meine Gedanken wirbelten in meinem Kopf durcheinander. Was sollte ich jetzt tun? Wie konnte mir das passieren? Ich versuchte ruhig nachzudenken, vielleicht irrte ich mich ja auch.

Mir wurde schwummrig. Ich rief mich selber zur Ruhe. Versuchte, ruhiger zu atmen.

"Sacha! Alles okay?" Charlie stand draußen an der Tür und
klopfte.

Ich zwang mich zur Fröhlichkeit. Drehte den
Wasserhahn auf und tat sehr beschäftigt.

"Bist du bald fertig?"

"Ich will ja nicht drängeln, aber ich müsste mal dringend
aufs Klo."

Mit der Zahnbürste im Mund nuschelte ich: "Ich bin
gleich
durch."

Schnell wusch ich mir das Gesicht, dann stieg ich in
meinen Onsie. Meine Tasche unter den Arm geklemmt
trat ich hinaus.

Charlie griente mich an.

"Was hast du bloß so lange getrieben?" Sie hob den
Finger.

"Sag nichts."

Sie feixte: "Du hast da drinnen einen Dildo versteckt."

Ich spürte, wie ich rot wurde, und wollte empört
auffahren.

Doch Charlie stupste mich an und kicherte: "War nur
Spaß. Reg dich nicht auf. Ich weiß, dass du eine eiserne
Jungfrau bist."

Ich verdrehte genervt die Augen und sie schränkte ein:
"Wenn ich von deinem Ausrutscher absehe, aber
Einmal ist Keinmal"

Damit verschwand sie hinter der Tür. Ich stand im Flur
und starrte ihr entgeistert hinterher und dachte, wie sehr
sie sich, doch in mir täuschte.

22 MARK

"Ich konnte nur ein Foto von der jungen Dame machen. Leider nur ihre Rückseite." Aber die Haarfarbe stimmte nicht. Sie wohnte definitiv unter dieser Adresse. Georg Huber legte die Fotos auf meinen Schreibtisch. Ich beugte mich über die Bilder und versuchte, trotz der schlechten Qualität der Fotos etwas Brauchbares zu erkennen.

"Auf diesem Schund kann ich sie beim besten Willen nicht

identifizieren."

Verärgert fegte ich die Bilder vom Tisch.

Ich kniff die Augen zusammen und blitzte Huber wütend an.

Erschrocken rutschte der in sich zusammen, ehe er stotternd den Versuch unternahm, sich zu rechtfertigen.

Die Arme vor der Brust verschränkt, lauerte ich in meinem Sessel

Hubert an. Der wand sich wie ein Aal.

"Sie haben mir nicht mitgeteilt, wofür Sie die Fotos brauchen."

"Das geht Sie nichts an", grollte ich.

Nervös wischte er sich mit einem Lappen den Schweiß von seinem feisten Gesicht.

Ich war mir sicher, dass er geglaubt hatte, dass er mit ein paar Fotos und einer Stunde Observation seinen Auftrag erfüllt hätte.

Jetzt begriff er, dass er sich in mir getäuscht hatte.

"Also gut. "Die Hände auf die Tischplatte gestützt erhob ich mich und lief vor ihm auf und ab. Dann blieb ich stehen, wandte mich zu ihm um: "Was können Sie mir noch von ihr berichten?"

Sichtlich erleichtert erzählte er mir, dass sie sich letztens mit einem anderen rothaarigen Mädchen in der kleinen Eisbar am Brinck getroffen hatte.

"Ich bin den beiden gefolgt. Sie sind in den Stadtpark gegangen und haben sich auf einer Bank miteinander beschäftigt."

Er fummelte aus seiner Hosentasche sein dreckiges Taschentuch hervor und fuhr sich über die Stirn."

"Miteinander beschäftigt? Was meinen Sie damit?"

"Naja." Hubert rutschte auf seinem Sessel herum.

Er stank nach Angst. Ich konnte es förmlich riechen.

"Also noch mal." Drohend baute ich mich vor ihm auf.

"Was meinen Sie mit miteinander beschäftigt."

"Naja, ebn gefummelt."

"Aha gefummelt."

Ich hatte genug gehört. Und ich war mir sicher, dass er log.

Ich holte aus meinem Schubfach einen Briefumschlag und warf in Huber zu.

Ich wies zur Tür. "Gehen sie!"

Als Huber mit eingezogenem Kopf mein Büro verlassen hatte, setze ich mich an meinen Schreibtisch, und begann einen Brief an Sacha zu schreiben. Das heißt, ich wollte schreiben. Doch so sehr ich mich mühte, alles was ich zu Papier brachte, klang hölzern und steif. Ich schrieb und strich durch. Schrieb wieder und fing von vorne an. Der Haufen aus zerknülltem Papier wuchs zusehends. Langsam arbeitete ich mich vorwärts. Nach einer

Stunde hatte ich den Brief an sie endlich fertig. Nur noch die Adresse auf das Kuvert geschrieben und dann ab damit zur Post.

Ich hatte den Brief in die Innentasche meines Jacketts geschoben.

Es klopfte kurz und gleich darauf steckte Desiree ihren Kopfdurch den Türspalt.

Ich wandte mich ihr zu.

"Gibt es ein Problem?"

Desiree trat zum Schreibtisch und ließ sich elegant auf der

Tischkante nieder. Sie schlug ihre langen Beine übereinander und lächelte mich, wie sie glaubte, verführerisch an.

Mit hochgezogener Augenbraue musterte ich sie missbilligend.

Die Unterlippe trotzig verzogen, erhob sie sich.

Hüftschwingend glitt sie um mich herum und setzte sich in den Sessel, in dem Huber kurz vorher geschwitzt hatte.

Sie gurrte, "Nein, es gibt kein Problem, jedenfalls nichts mit der Firma. Ich habe ein klitzekleines Problemchen.

Sie zeigte mit den Fingern einen geringen Abstand. Es ist aber nur so winzig."

"Du könntest es ganz leicht lösen."

Sie quietschte mit Kleinmädchen Stimme. "Bitte!"

Sie klimperte mich mit ihren Augen an.

Genervt, gab ich zurück: "Sprich! Was willst du? Und hör mit diesem Getue auf. Ich bin nicht dein Vater."

"Ich möchte nachher essen gehen und brauche einen Begleiter."

Sachlich fuhr sie fort: "Dabei dachte ich an dich."

Ich war überrascht. Mit allem Möglichen hatte ich gerechnet, nur nicht mit ihrem Wunsch essen zu gehen.

Sie erhob sich, umschmeichelte mich, "Wir können es Arbeitsessen nennen", dabei fuhr sie mit dem Finger über meine Brust und lächelte mich an.

Ich dachte mir >Warum nicht?<

Hunger hatte ich auch. Also sagte ich zu.

"Unter einer Bedingung. Ich suche das Restaurant aus."

"Prima, ich warte unten." Sie nickte und schwebte hinaus.

Kopf schüttelnd sah ich ihr nach.

***

"Ich danke dir für diesen schönen Abend." Desiree hatte sich bei mir eingehenkelt. Wir gingen über den Parkplatz zum Wagen.

"Was meinst du? Es wäre schön, wenn wir das bald wiederholen würden."

Sie schob sich an mich und schnurrte dabei, wie eine Katze. Ich streckte ihr meine offene Hand entgegen: "Gib mir deinen Schlüssel, ich fahre dich nach Hause."

Sie widersprach: "Das geht nicht, dein eigenes Auto
steht noch hier, du müsstest
zurücklaufen."
"Mach dir darüber keine Gedanken. Ich gehe hin und
wieder gerne spazieren." Schließlich ließ sie den
Wagenschlüssel in meine Hand fallen und stieg ein.
"Puuuh, ist das warm." Sie entledigte sich ihrer Jacke
und bot mir einen angenehmen Blick auf ihren
beachtlichen Ausschnitt.
Ich fuhr zügig. Trotz der späten Stunde war viel
Verkehr auf den Straßen. Sie schob sich dichter an mich
heran. Saß fast auf meinem Schoß. Ich hatte Mühe,
mich zu konzentrieren. Ich war wie jeder gesunde,
heterosexuelle Mann nicht unempfindlich gegen so viel
geballte Weiblichkeit. Mir wurde ziemlich heiß. Ich
schwitzte. So schnell wie nur irgend möglich wollte ich
Desiree,
bei sich zu Hause abliefern. Ich gab Gas und jagte durch
die Stadt und hoffte, dass wir nicht in eine Kontrolle
gerieten.
Wir hatten Glück. Erleichtert stieg ich in die Eisen.
"Ich möchte noch einen Kaffee trinken, hast du Lust
mich
nach oben zu begleiten?"
Ich dachte an den Brief in der Innentasche meines
Jacketts und lehnte freundlich, aber bestimmt, ab."
"Es tut mir leid, ich habe heute Abend noch zu arbeiten.
Einige Berichte müssen fertig werden."

Desiree zog einen Flunsch. Sie schmiegte sich an mich und
flüsterte mir ins Ohr.
"Ich wollte auch keinen Kaffee trinken." Es fiel mir schwer, diese so unverhohlen ausgesprochene Einladung, auf eine sexy Nacht, auszuschlagen.
Ich nahm sie an den Schultern und schob sie leicht von mir weg.
"Dein Angebot ehrt mich, doch Kaffee zu später Stunde regt mich unnötig auf." Ich blickte ihr in die Augen. "
"Du verstehst?!"
Sie stieß die Beifahrertür auf und stieg aus. Einen Augenblick verharrte sie, dann wandte sie sich um und beugte sich zum Fenster herein. Ihre Augen durchbohrten mich mit wütenden Pfeilen und zischte:
"Wie du willst." Sie drehte sich auf dem Absatz um und stolzierte davon.
"Desiree!"
"Was!" Wütend blieb sie stehen. Ich warf ihr den Autoschlüssel zu. Geschickt fing sie ihn auf und verschwand im Haus.
Ich ging durch die Nacht zurück zum Parkplatz. Während ich lief, wanderten meine Gedanken zu Sacha. Ich verglich beide Frauen miteinander, und ich gestand mir ein. Desiree war ohne Zweifel eine erfahrene und kultivierte Dame. Ihr gegenüber erschien
Sacha, das sprichwörtliche Aschenputtel zu sein. Aber ich
mochte dieses Aschenputtel lieber.

23 SACHA

Da war sie also, meine gute alte Schule. Ich stand unten an den Treppe und schaute zum ersten Stock empor. Hinter diesen Fenstern hatte ich die meiste Zeit meines bisherigen Lebens verbracht.

Ich stieg die Stufen hoch und als ich eintrat, umfing mich gleich der typische Schulhausgeruch nach alten Socken, Bohnerwachs und Kreide. Es fühlte sich für mich vertraut, aber auch ein wenig fremd an, wieder hier zu sein. Ich ging ins Schulsekretariat um mich zurückzumelden und um den Stundenplan für meine Kurse entgegen zu nehmen.

"Guten Morgen."

"Guten Morgen!", grüßte die Sekretärin und trat mit ausgestreckter Hand auf mich zu.

Sie riss mir beinahe den Arm ab, so sehr schüttelte sie mir die Hand.

"Mein Beileid, Frau Martens!"

Ich nickte.

"Es tut mir sooo leid." Ergriffen legte sie ihre Hände auf ihr Herz und blinzelte mich an.

"Wie kommen Sie zurecht, so allein wie sie jetzt in der Welt dastehen?"

Ich wusste, dass sich hinter der neugierigen Frage ehrliche Anteilnahme verbarg. Trotzdem reagierte ich kurz und schroff. Ich hatte es einfach satt, ständig gefragt und bemitleidet zu werden.

"Gut, mir geht es gut. Danke der Nachfrage."

Ich drehte mich um und floh aus dem Büro.

Der Riemen meine Tasche schnitt mir an der Schulter ins

Fleisch. Da ich nicht wusste, welche Kurse ich heute hatte, hatte ich natürlich viel zu viele Bücher und Hefter mitgeschleppt. Einiges davon räumte ich in meinen Spind.

"Da bist du ja, Prinzessin."

Manfred lehnte sich an, und beäugte mich kritisch.

"Kommst Du, jetzt öfter oder ist das nur eine Stippvisite?"

Er lachte mich freundlich an.

"Ich hatte geplant, hier öfter aufzuschlagen", gab ich ihm zur Antwort. Die Begeisterung mich zu sehen stand ihm deutlich ins Gesicht geschrieben. Jetzt musste auch ich grinsen.

"Du tust gerade so, als hätten wir uns seit Ewigkeiten nicht gesehen.

Dabei war es erst gestern."

Manni winkte ab.

"Gestern gilt nicht. Das war Arbeit."

Ich kicherte: "Achso."

"Prinzessin, brauchst du hier noch lange, oder können wir gehen?"

"Bin schon fertig."

Mit einem Knall flog die Spind Tür zu. Ich schloss ab.

Gemeinsam pilgerten wir zu unserem Kursraum. Ich setzte

mich auf meinen Platz. Meine Mitschüler nahmen keine oder nur kaum Notiz von mir. Es war, als wäre ich nie weg gewesen.

Hin und wieder ertappte ich meine Mitschüler dabei, wie sie mich verstohlen musterten. Mir drängte sich der Gedanke auf, dass sie nicht so recht wussten, wie sie mit meiner Situation umgehen sollten. Ich beschloss mich, wie vorher immer, zu verhalten.

Vielmehr Sorge bereitete mir, dass Charlie noch nicht da war.

Wir hatten extra unsere Kurse so gewählt, dass wir die meisten Unterrichtsstunden zusammen hatten. Und nun war sie nicht da.

Der Platz neben mir blieb auch noch nach dem ersten Klingeln leer. Besorgnis machte sich in mir breit.

Ausgerechnet heute an meinem ersten Schultag nach langer Zeit, ließ mich Charlie hängen.

Was war passiert? Hatte sie einfach nur verschlafen oder war sie krank geworden? Ich beruhigte mich selber.

Holte mein Smartphone aus der Tasche und tippte eine Nachricht.

Neben mir pfiff ein Telefon los. Ich blickte auf. Charlie ließ sich neben mich auf ihren Platz fallen. Sie holte ihr Handy heraus und meinte: "Du hast mir eine Nachricht geschickt."

Sie blies sich Luft unter ihren Pony.

"Ich habe verschlafen. Ausgerechnet heute. Ich wollte wirklich pünktlich sein." Sie hob zwei Finger. "Ich

schwöre." Erleichterung überkam mich und ich feixte:
"Wann verschläfst du mal nicht."

"Guten Morgen, Herrschaften."

Unser Deutschlehrer trat an die Tafel und schrieb mit
seiner schwungvollen Schrift:

>Freie Themenwahl, mindestens 1000 Worte,
Abgabefrist 2Wochen. <

Rundherum kam unwilliges Gemurmel auf.

Auch ich stöhnte missmutig wie alle anderen.

"Herrschaften, weiter im Text."

Er blickte in die Runde. Einen Augenblick verharrte er
bei mir, nickte mir zu und ging zur Tagesordnung über.

Allmählich entspannte ich mich. Ich hatte mir den Tag
schwieriger vorgestellt.

Innerlich war ich darauf eingestellt mit
Beileidsbekundungen überhäuft zu werden. Gott sei
Dank blieben die aus. Sicherlich hatte ich das Charlie
und Manni zu verdanken.

Der Schultag verging. Am Nachmittag traf ich mich mit
Charlie in meiner alten Wohnung.

Hier sollte der Wohnungsflohmarkt stattfinden. Ich
hoffte, so viel wie möglich verkaufen zu können. Es
schmerzte mich, lieb gewordene Sachen auf den
Sperrmüll geben zu müssen.

Ich stellte mir einen Hocker an die Wohnungstür. Von
hier hatte ich einen guten Überblick über das
Geschehen im Zimmer.

Leute strömten herein. Sie hielten kleine Flyer in den
Händen.

Charlie war genial.

Sie hatte sogar daran gedacht, zusätzlich zu meiner Anzeige in der Zeitung, Handzettel zu verteilen. Ich war ihr zutiefst dankbar.

Wieder einmal zeigte sich, wie unfähig ich war. Ich seufzte.

"Ich will, das pinke Fahrrad. Was willst du dafür? Ich biete 100¤"

Ein junger Mann stand vor mir und schaute mich erwartungsvoll an.

"Das Rad ist unverkäuflich."

Er konterte: "Aber es steht in der Wohnung, und im Flyer

steht, alles in der Wohnung ist verkäuflich."

"Nein!" Ich hatte mein Fahrradschloss vergessen und es deshalb

im Flur abgestellt, versuchte ich ihm, zu verklickern. Er wollte es unbedingt haben und diskutierte mit mir herum, bis ich mich schließlich schroff abwandte.

"So eine Verarsche!", blaffte er und stürmte hinaus.

>Soweit kommt es noch, dass ich mein geliebtes Rad verhökerte. <

Wehmütig schaute ich zu, wie ein Teil nach dem Anderen aus meiner alten Heimat weggetragen wurde. Nach und nach leerte sich die Wohnung. In meiner Kassette klimperte das Geld.

Charlie hatte im Wohnzimmer die Stellung gehalten und darauf geachtet, dass niemand sich ohne Bezahlung aus dem Staub machte.

"Bei mir sind alle raus. Lass uns Kassensturz machen und sehen wie viel du eingenommen hast."

Erwartungsvoll zählten wir die Scheine und Münze Erfreut

stellten wir fest, dass das Geld für eine neue Couch und eine kleine Kommode reichen würde, vorausgesetzt ich wäre mit dem schwedischen Möbelhaus zufrieden.

"Nachher kommt mein Vater mit unserem Pick-up, dann wird der restliche Krempel aufgeladen", sie zeigte in die Runde, "und ab damit auf die Deponie."

Es klingelte an der Wohnungstür. Ruckartig sprang ich auf. Das Blut war mir in die Beine gesackt. Ich fühlte mich schwindlig.

Erschrocken suchte ich an der Wand halt. Mit geschlossenen Augen wartete ich angelehnt ab, bis sich die Welt um mich herum

nicht mehr drehte.

Charlie hielt mich am Arm fest. Ich schlug meine Augen auf.

Meine Freundin schaute mich sorgenvoll an.

"Es ist nichts, mach dir keine Sorgen um mich. Nur ein kleiner Schwindelanfall."

"Nur ein kleiner Schwindelanfall", wiederholte sie mich.

"Ja, habe ich in letzter Zeit öfter gehabt. Kommt wohl von

Stress, vermute ich."

Ich hörte die Besorgnis in ihrer Stimme, als sie meinte, ich sollte das nicht auf die leichte Schulter nehmen und wenn mir wieder einmal schlecht würde, zum Arzt gehen.

Genau das würde ich auf keinen Fall tun.

Charlie schleppte mich in die Küche. Vorher hatte sie noch die Wohnungstür geöffnet. Ihr Vater stapfte hinter uns her und stellte einen Picknickkorb ab.

"Ich hole uns was zum Sitzen."

Meinte sie und schleppte einen alten Hocker und einige stabile Kartons heran.

Voller Erwartung linste Charlie in den Korb.

"Woll'n mal sehen, was meine Mom uns eingepackt hat."

Sie förderte eine Thermoskanne mit Kaffee und einige Sandwiches zu Tage.

Herzhaft biss sie in ihr Brot. Sie hielt mir eines unter die Nase. Ich schnupperte, schluckte, mein Magen drehte sich um, ich schlug mir die Hand vor den Mund und rannte wie der Teufel ins Bad. Ich erbrach mich heftig. Da ich kaum etwas gegessen hatte, füllte nur bittere Galle meinen Mund.

"Brauchst du Hilfe?" Charlie klopfte an die Badtür.

Zwischen zwei Anfällen ächzte ich. "Nein, alles gut."

"Du spinnst wohl, hier ist gar nichts gut."

Ich drehte den Kopf, Charlie stand in der Badezimmertür und blickte mich streng mit hochgezogenen Augenbrauen an.

Sie kam herein. Ich rappelte mich auf. Sie setzte sich auf den Wannenrand. Ich spülte mir den Mund aus und ließ mich neben ihr nieder.

"Ich weiß nicht, was mit mir los ist. Ich glaube, ich habe mir den Magen verdorben. Ich konnte das Ei nicht riechen."

"Den Magen verdorben! Du willst mich veräppeln? Von wegen, Magen verdorben", ätzte sie.

Unverhohlen taxierte sie mich. Ich fühlte mich unbehaglich unter ihrem Blick.

Mit spröder Stimme fragte Charlie mich: "Wann hattest du deine letzte Periode?"

Ich flüsterte: "Ist schon ein paar Wochen her."

"Das glaube ich nicht!", Empörte sie sich. "Hast du einen Test gemacht?" Verlegen erwiderte ich: "das habe ich immer wieder

vergessen", und ich setzte entschuldigend hinzu: "Es ist in letzter Zeit so viel passiert."

Mitfühlend klopfte Charlie mir auf den Rücken.

"Das holst du nach. Am besten gleich nachher."

Entschlossen erhob ich mich.

"Lass uns gehen. Dein Vater wartet sicher auf uns."

Wir packten die restlichen Sachen zusammen und trugen sie nach unten und beluden das Auto. Wir fuhren zur Sperrmüllsammelstelle.

Wir luden ab und auf einmal wurde mir bewusst, dass mit jedem Teil, dass wir von der Ladefläche holten, ein Stück meiner Kindheit in den Müll wanderte. Am liebsten hätte ich mich irgendwo verkrochen und hemmungslos geheult.

Herr Werner war so nett und fuhr mich noch zu meiner neuen Wohnung.

"Kommst Du noch mit hoch?"

Charlie umarmte mich und sagte: "Ich muss los.

Versprich mir ,morgen einen Test zu machen."

Ich versprach es.

Ich saß auf der Couch. Gespannt beobachtete ich die Stoppuhr.

Fünf Minuten, nur lächerliche fünf Minuten musste ich warten.

Dann würde ich wissen, ob oder ob nicht. Leise sprach ich mit mir selber. Ich war nicht besonders gläubig, aber ich betete.

Lieber Gott, mach dass ich nicht schwanger bin. Was sollte gerade ich, mit einem Baby anfangen.

Unendlich langsam verging die Zeit. Endlich die letzte Sekunde war abgelaufen. Ich sprang auf und sprintete ins Bad. Ein Blick auf das Teststäbchen. Pink, leuchtendes Pink!

Es flimmerte vor meinen Augen, und in meinen Ohren rauschte es. Mir wurde übel. Die Beine rutschten unter mir weg. Ich sank auf den Boden. Ein Glück, dass vor der Wanne mein neuer Badvorleger lag. Flauschig weich und nagelneu. Ich kippte einfach zur Seite, blieb liegen, und starrte auf das Pink.

24 MARK

Eine Fanfare trötete und riss mich aus dem Schlaf.
Widerwillig öffnete ich die Augen und kniff sie sofort
vom Sonnenlicht geblendet, wieder zusammen. Ich
rekelte mich genüsslich. Wochenende! Ich liebte diese
Tage des Nichtstuns. Sie kamen selten genug in meinem
Leben vor. Stattdessen saß ich die meisten
Wochenenden in meinem Büro und arbeitete.
Obwohl ich häufig Samstag und Sonntags arbeitete,
hatte ich mir ein Ritual angewöhnt.
Frühstück! Gutes englisches Frühstück, mit gebackenen
Bohnen, gebratenen Würstchen, Toast, Ei und
gebratenem Speck, dazu starker Kaffee. Selbst wenn ich
so wie heute allein aß, betrieb ich diesen Aufwand. Ich
machte es mir am großen Esstisch
gemütlich, aß und faltete die Zeitung auseinander. Auch
dies gehörte zu meinem Frühstücksritual, eine echte
Zeitung zu lesen.
An den Wochentagen las ich auf meinem IPad. Mein
Interesse galt dem Wirtschaftsteil mit dem
Börsenbericht. Aus der Mitte des Blattes rutschte mir
ein Brief entgegen. Ich erkannte meine Handschrift. Ein
Aufkleber, mit dem Hinweis, unzustellbar, Empfänger
unbekannt verzogen, klebte auf dem Kuvert.
>Das war es also. <

Sacha war augenscheinlich umgezogen und hatte keinen Nachsendeantrag aus welchen Gründen auch immer gestellt.

Ich zerriss den Brief in tausend Schnipsel, und widmete mich weiter meiner Lektüre. Die Börsendaten waren wichtiger als ein Brief an ein Mädchen, das mich wahrscheinlich schon längst vergessen hatte.

Draußen war es warm. Ich nahm meinen Pott Kaffee, trat hinaus auf die Terrasse und setzte mich in die Sonne. Ein langer Samstag lag vor mir und ich wusste nicht so recht, was ich mit der vielen freien Zeit anfangen sollte. Deshalb beschloss ich, reiten zu gehen. Hector musste wieder einmal bewegt werden. Ich hatte meinen Hengst in letzter Zeit sträflich vernachlässigt. Natürlich wurde er im Stall bestens versorgt, aber halt nicht geritten.

Während ich noch darüber nachdachte zum Stall zu fahren, meldete sich mein Gewissen. Ich hatte gestern Abend Desiree ziemlich barsch ab gefrühstückt. Das war einer guten Zusammenarbeit, sicher nicht besonders förderlich gewesen. Folglich überlegte ich, ob Desiree Lust auf einen kleinen Reitausflug hatte?

Ihre Nummer war schnell gewählt. Nach zweimaligem Klingeln nahm sie das Gespräch an.

"Oh, was gibt mir die Ehre deines Anrufs?" Sie säuselte, als wäre am Abend vorher nichts geschehen, weiter.

"Das muss Gedankenübertragung gewesen sein. Ich hatte
ebenfalls vor gehabt dich anzurufen."

Neugierig geworden wartete ich ab.

"Ich wollte dich fragen, ob du mich auf eine Shoppingtour begleitest.

Ich wollte nach Berlin fahren, und es wäre doch nett, wenn wir uns anschließend ein schickes Restaurant suchen und essen gehen. Ich brauche dich als meinen Styling Berater."

Ich lächelte, schon früher hatte sie mich als ihren Styling Berater genutzt. Heute aber hatte ich keine Lust darauf mit ihr durch die Geschäfte und diversen Boutiquen zu pilgern. Deshalb erwiderte ich: "Oh schade. Ich wollte dich zu einem Reitausflug einladen. Aber du hast sicher viel zu tun. Entschuldige die Störung."

"Hm, ein Reitausflug! Weißt du was, ich begleite dich. Einkaufen kann ich auch noch nächstes Wochenende."

"Okay, ich hole dich in einer Stunde ab. Wir fahren gemeinsam zum Stall. Ich freue mich."

Zufrieden darüber, dass es mir gelungen war, sie zu überreden, machte ich mich auf den Weg.

Zwei Stunden später ritten wir am Strand am Wassersaum entlang.

Die Gischt spritzte!

Wir ließen die Tiere nebeneinander laufen. Ich liebte das Reiten.

Schon als kleiner Junge besaß ich ein Pony, auf dem ich über die Felder tobte.

"Los, wer zuerst an den Klippen ist."

Desiree gab ihrer Fuchsstute die Sporen und jagte davon. Ich preschte ihr nach. So hinter ihr her zureiten gab mir den Kick.

Lachend wandte sie sich zu mir um und rief.

"Los! Du Trödel."

Ich achtete sorgsam darauf, einige Längen hinter ihr zu bleiben.

Was ich sah, gefiel mir. So war es schon in unserer Jugend gewesen.

Desiree hatte sich in den letzten Jahren zu einer wahren Lady entwickelt. Vor mir ritt eine Amazone. Der elegante Chignon löste sich auf. Ihre brünetten Haare wehten im Wind wie eine Fahne hinter ihr her.

Sie zügelte ihre Stute, fiel zurück, nun war sie neben mir.

"Los, nun mach schon, wenn du weiter so bummelst, gilt es nicht."

Ihre Augen blitzten, sie war vor Begeisterung außer Atem.

Sie stieß ihrem Pferd die Hacken in die Flanken, die Stute flog den Strand entlang. Hoch spritzte das Wasser und durchnässte Desiree.

Ich folgte ihr auf Hector in gestrecktem Galopp. Kurz vor dem Ziel überholten wir die beiden.

Noch im Lauf sprang ich ab und lief ihr mit hocherhobenen Armen entgegen.

Sie zügelte ihre Stute.

"Sch, sch." Beruhigte ich das Tier. Desi strahlte mich von oben herab an. Ich trat auf sie zu und hob sie aus dem Sattel.

Sie stützte sich auf meinen Schultern ab, an meinen
Körper gepresst, glitt sie an mir herab. Ihre Brüste und
ihr sinnliches Parfüm raubten mir den Atem. Mein
Körper reagierte natürlich.

Mir schoss eine alte Liedzeile von Klaus Lage durch den
Kopf. "Tausendmal berührt…"

Ihre Augenbraue schnellte in die Höhe. Sie lächelte
mich wissend an.

Ich dachte: "Warum nicht."

Es gab keinen Grund, es nicht zu tun. Desiree war nicht
die schlechteste Wahl. Schließlich hatte sie mich gestern
Abend noch zu einem Schäferstündchen eingeladen.

Wir bummelten gemächlich am Strand entlang. Ich
führte beide Pferde am Zügel und beobachtete lächelnd
ihr Tun. Den Blick fest auf den Boden gerichtet, hob sie
gelegentlich einen Stein auf, betrachtete ihn und lies ihn
seufzend wieder fallen, um gleich darauf den nächsten
aufzuheben.

"Was sammelst du so eifrig auf und schmeißt es gleich
wieder weg?"

"Bernsteine!" Sie hielt mir ihre Handfläche hin. Ein paar
unscheinbare Stücke lagen darauf. Ich nahm eines
davon und rollte es zwischen meinen Fingern.

"Du hast recht. Es könnte Bernstein sein."

Ich gab ihr das Stück zurück.

"Jedenfalls ist es kein Stein."

Ich blickte am Strand entlang. In einiger Entfernung
erhob sich die dicht bewaldete Steilküste, das rote Dach

unseres Gästehauses schimmerte durch das Grün der Bäume.

"Was hältst du davon, wenn wir oben im Gästehaus eine Kleinigkeit zu uns nehmen?"

"Warum nicht." Sie nickte.

"Die Pferde können wir im Stall unterstellen." Ich stieg auf und lenkte meinen Hengst hin zu den Dünen. Hier waren die Aufgänge vom Strand hinauf in den Wald. Desi folgte mir mit der Stute. Das Tier bockte. Ich beugte mich hinüber, nahm ihr den Zügel ab, und führte sie und ihre Stute sicher hinauf auf den Waldweg

25 DESIREE

Mark nahm meine Hand in seine und streichelte mir mit dem Daumen den Handrücken. Diese Geste war so sinnlich, dass mir der Atem stockte. Mit rauchiger Stimme sagte er:
"Ich danke dir für diesen schönen Tag."
Mir schoss das Blut in die Wangen, und ich spürte, wie ich rot wurde. Ich hoffte, dass der Flush nicht gar zu heftig war.
"Das Kompliment kann ich zurückgeben. Mir hat der Tag viel Spaß gemacht."
Ich hob mein Glas und prostete ihm zu. Provokativ lehnte ich mich über den Tisch. Ich sah, wie Marks Blicke von meinem Gesicht zu meinem zugegebenermaßen üppigen Dekolleté wanderten.
Mark erhob sich und trat hinter mich. Er hauchte einen Kuss auf meinen Scheitel und flüsterte: "Warte, ich bin gleich zurück."
Als er zurückkkam, legte er einen Zimmerschlüssel auf den
Tisch.
"Ich denke, wir sollten den Tag oben mit einer Flasche Champagner ausklingen lassen."
>Ha, ich hatte ihn. <
Der Fisch zappelte an der Angel. Ich beschloss, ihn noch ein wenig länger zappeln zu lassen.
Ich lächelte ihn strahlend an.

"Dein Angebot ehrt mich, aber ich bin der Ansicht, wir sollten die Flasche noch einige Zeit im Kühlschrank aufbewahren. Es gibt bestimmt bald einen anderen Grund, diese Flasche zu köpfen."

Enttäuschung, zeigte seine Mimik..

"Wie du willst."

Er reichte mir seinen Arm. Ich henkelte mich bei ihm ein. Zusammen verließen wir das Gästehaus.

Auf dem Rückweg erzählte mir Mark, dass dieses überaus elegante Gästehaus kein Hotel im klassischen Sinn darstellte, es aber wie eines geführt würde.

" Mein Vater hatte dieses Gebäude in einem sehr renovierungsbedürftigen Zustand erworben und für Gäste der Reederei und als Konferenzzentrum ausgebaut."

***

Später am Abend betrat ich das Büro meines Vaters durch seinen Privateingang.

Er saß in seinem Lieblingssessel. Es schien mir, als verschluckte das riesige abgewetzte Möbel ihn. Ich ließ mich nicht täuschen.

Auch wenn mein Vater klein und gebrechlich wirkte, so wusste ich genau, welche Kraft in ihm steckte. Ich machte mich auf unangenehme Fragen gefasst.

"Und wie weit bist du mit diesem Tölpel gekommen?" Mein Vater musterte mich argwöhnisch, während er mich befragte.

Ich spazierte im Raum herum, blieb vor der Anrichte stehen und betrachtete die dort aufgestellten Familienfotos. Es passte
mir nicht, dass er mich so befragte, als sei ich irgendeine angeheuerte Angestellte und nicht seine Tochter. Ich wollte ihn absichtlich zappeln lassen.
Nervös trommelte er mit den Fingern auf die Tischplatte.
Langsam drehte ich mich zu ihm herum. Ich sah, das seine große Ader auf der Stirn anschwoll. Für mich das Zeichen, dass er gleich explodieren würde. Also gab ich nach und sagte: "

Ich hätte heute den Sack zu machen können."
"Darf ich fragen, was dich daran gehindert hat? Du weißt, was für uns davon abhängt, dass du erfolgreich bist."
Über den Tisch gebeugt, sah ich meinem Vater in die Augen und zischte.
"Natürlich weiß ich, was davon abhängt. Aber da ich mich
schließlich anbieten muss wie ein Stück Vieh, entscheide ich, ich allein, wie ich vorgehe."
"So!" Die Augenbrauen spöttisch nach oben gezogen, die Hände vor den Bauch gefaltet, sah er mich an.
"Ich hoffe, du hast einen Plan."
"Ja", gab ich schroff zur Antwort.
"Ich brauche Zeit. Er muss sich in Sicherheit wiegen. Mark

muss allein auf die Idee kommen, mich heiraten zu wollen. Zumindest muss er das denken. Ich habe ihn an der Angel."

Mein Vater erwiderte: "Dann ziehe die Angel ein."

"Das werde ich tun, nur brauche ich dazu Zeit."

Mein Vater stand auf, die Hände in den Hosentaschen vergraben trat er auf mich zu. Wir beide standen uns Auge in Auge gegenüber.

Ich spürte, dass sich die Härchen auf meinen Armen aufstellten. Instinktiv trat ich einen Schritt zurück. Ich fühlte mich bedroht. Er sprach leise, fast flüsterte er, "Nimm dir Zeit

soviel du brauchst, aber um Gottes willen, in vier Wochen heiratest du den Kerl.

Mir blieb nichts anderes übrig, wenn ich mein Leben wie bisher behalten wollte, als ergeben zu nicken.

26 CHARLIE

Ich sprang aus der Tram. Sprintete über den Platz.
Suchend schaute ich mich um.
Mist, ich war zu spät. Dabei wollte ich doch Sacha
beistehen.
Ich setzte mich auf eine Bank und wartete. Sacha wollte
die Beratungsstelle wegen des
Schwangerschafts-abbruchs aufsuchen.
Jetzt musste ich hier draußen warten. Ein paar Tage
zuvor
waren wir beim Frauenarzt gewesen. Die Gynäkologin
hatte Sacha die Schwangerschaft bestätigt. Obwohl sie
das Ergebnis schon kannte, war Sacha trotzdem
geschockt. Bis zum Schluss hatte sie gehofft, dass der
Test falsch war. Als sie das Sprechzimmerverließ, hielt
sie das erste Ultraschallbild ihres Kindes in der Hand.
Ich glaube, ich war neugieriger als Sacha. Verwundert
betrachteten wir das Foto. Grau in Grau zeichnete sich
der bohnenförmige Embryo ab. Ich konnte nicht
glauben, dass sich aus diesem Böhnchen in wenigen
Monaten ein richtiger Mensch entwickeln würde.
Die Ärztin hatte Sacha die Adresse der Beratungsstelle
gegeben und auch gleich einen Gesprächstermin
vereinbart. Sacha war jetzt bei diesem Gespräch. Sie
hatte sich entschlossen, einen Abbruch
vornehmen zu lassen.
***

Ich machte es mir auf der Bank bequem. Ich würde eine Weile auf Sacha warten müssen. Jemand hatte seine Zeitung liegen gelassen oder vergessen.

Wie immer wenn ich etwas Geschriebenes sah, zog es automatisch meine Blicke auf sich. Ich las die Überschrift >Verlobung<.

Meine Neugier war erwacht. Ich nahm die Zeitung und las den Artikel.

Darin wurde ausführlich über die Verlobung von Desiree Reedlich und Mark de Fries berichtet. Verärgert über diesen Tratsch, wollte ich das Blatt im nächsten Papierkorb versenken.

"Was liest du?"

Ich ließ die Zeitung sinken und blinzelte Sacha von unten herauf an. Mit dem Revolverblatt wedelnd erklärte ich.

"So ein Quatsch. Als ob es so weltbewegend wäre, wenn sich zwei reiche Stadt Promis verloben."

Ich erhob mich, zog Sacha kurz zur Begrüßung in meine Arme.

Dann rollte ich die Zeitung ein und drückte sie ihr in die Hand.

"Das lese ich später", sagte Sacha und beförderte die Rolle ungesehen in ihre Tasche.

"Und, hast du den Schein?"

Sacha nickte. "Und?", lauerte ich auf eine Antwort.

"Lass uns erst mal einen Kaffee trinken." Sacha hakte sich bei mir ein und bugsierte mich zielstrebig zum Café Lotte hinüber.

"Ich brauche jetzt was Süßes."

Wir suchten uns einen Tisch in der Sonne. Sacha ließ sich auf den Korbstuhl plumpsen. Und bemerkte, du bist aufgeregter als ich.

"Ja, ja." Ich wedelte mit der Hand. "Nun erzähl schon. Wie ist es gelaufen?"

Sacha nahm die Karte und studierte diese ausgiebig, dann ließ sie sie sinken und sagte: "Ich nehme einen koffeinfreien Latte.

Und du?"

Sie äugte mich über den Rand hinweg an.

"Hä?" Ich starrte sie erstaunt an.

"Du trinkst nie koffeinfrei."

Sacha lächelte: "Du bist sonst nicht so begriffsstutzig. Was ist los?"

Die Rädchen in meinem Kopf ratterten, dann endlich kapierte ich. Stürmisch sprang ich auf, das Tischchen wackelte bedenklich.

"Du behältst es!" Quietschte ich begeistert.

Hin- und weg vor Freude drückte, ich sie an mich. Sacha japste nach Luft.

"Du bringst mich um."

"Oh." Vorsichtig als wäre sie aus Porzellan ließ ich sie zurück auf ihren Stuhl sinken.

Mir fiel ein Stein, nein, ein ganzer Felsen vom Herzen.

"Ich hatte, eine Scheißangst, dass du dich anders entscheiden könntest.

"Diese Möglichkeit hatte ich in Betracht gezogen."

Sie seufzte tief auf. "Ich hatte darüber nachgedacht. Mein Leben wäre auf jeden Fall sehr viel leichter. Aber dauernd sah ich das Ultraschallbild vor mir."

Ich staunte Sacha sprachlos an.

Sie zuckte mit den Schultern.

"Ich kann es mir noch ein paar Wochen lang überlegen. Bis zur zwölften Woche ist noch Zeit."

Ich setzte meine Tasse ab, dass es klirrte.

"Du bist dir nicht sicher?"

"Doch, schon." Erwiderte sie gedehnt.

"Aber weiß ich, was noch alles kommt? Man weiß ja nie."

"Gut." Ta da!" Ich holte aus meiner Tasche, das in blau und rosa eingewickelte Päckchen.

Sacha strahlte mich an.

"Für Dich, äh besser gesagt für das Baby."

Ein sanftes Lächeln erleuchtete Sachas Gesicht, als sie die
Schleifen aufzog. Sie hob einen winzigen, grünen Strampler in die Höhe.

"Ich weiß nicht, was ich sagen soll."

Sie sah mich an, ihre Augen schwammen in Tränen. Stumm langte sie über den Tisch und drückte meine Hand.

Verlegen erklärte ich ihr: "Ich hatte gehofft, dass du dich für dein Baby entscheidest. Und weil noch nicht klar ist, was es wird, dachte ich, grün ist eine coole Farbe. Grün wie die Hoffnung."

27 SACHA

Sonntag, Sonnentag. Ich blickte hinaus und vor dem Fenster waberte der Nebel. Ein Tag zum Schlafen oder Putzen. Ich entschied, mich fürs Saubermachen.
Seufzend holte ich den Scheuerbesen, Lappen und Eimer aus dem Besenschrank. Heute war der perfekte Tag zum Scheuern.
Beim Wischen konnte ich meine Gedanken schweifen lassen.
Nichts behinderte ihren Fluss. Ich dachte an Mark. Zu gerne hätte ich gewusst, was er jetzt tat oder wo er war. Ob er sich noch an mich erinnerte?
Ich startete im Schlafzimmer.
"Iiih, iiih." Ich schoss in die Höhe, unter dem Bett tummelten sich Staubmäuse herum. Angeekelt schob ich den Feudel unters Bett.
Ich meckerte mit mir selber, "Du musst unbedingt ordentlicher werden.
Der Schlendrian hört ab sofort auf."
Akribisch putzte ich jede noch so winzige Staubfluse weg. Mit schmerzendem Rücken sah ich mich zufrieden um.
Jetzt noch das Bett beziehen, dann würde ich eine Pause machen.
Ich lehnte mich mit meinem Becher Tee in der Hand an den Küchenschrank. Der Tee duftete nach Früchten.
Mein Blick schweifte durch die Küche. Ich mochte es,

mich hier aufzuhalten. Die gelben Vorhänge am Fenster und

Gleichfarbigen Sitzkissen auf der Eckbank machten sie gemütlich. Auf dem Tisch lag die Zeitung von Charlie. Ich hatte sie gestern achtlos dorthin geworfen. Ein Foto stach mir ins Auge.

Meine Hände begannen zu zittern. Der Tee schwappte über den Rand. Ich nahm das Blatt und las den Text. Mit schlotternden Knien setzte ich mich.

Was ich las, konnte ich kaum glauben. Waren das die Promis, von denen Charlie gestern so abfällig gesprochen hatte? Noch einmal musste ich lesen, was da geschrieben stand. Zu unwahrscheinlich erschien mir der Artikel. Vor allem das Foto verwirrte mich. Mark und neben ihm eine Schönheit waren abgelichtet worden.

Da stand zu lesen: "Die Reedereien de Fries und Reddlich fusionieren."

Diese Info lies mich relativ kalt. Ich wusste nicht viel über Reedereien. Vielmehr erschreckte mich die Mitteilung über die Verlobung. Mark, mein Mark, zumindest war er das einmal für eine Nacht gewesen, verlobte sich mit Desiree Reddlich.

Schockiert saß ich da und starrte auf das Foto in der Zeitung.

Wie Schwalben durch die Luft so schossen die Gedanken durch mein Hirn. Meine stumme Frage ob er noch an mich dachte, hatte sich mit diesem Artikel erledigt.

Ich wollte mir das Foto noch einmal genau ansehen, also

sprang ich auf. Im Schreibtisch musste noch die alte Lupe meines Vaters herumliegen. In der Schublade zu kramen brachte nicht viel. Kurz entschlossen nahm ich den Kasten, schüttete ihn aus. Vor mir lag ein Haufen von Büromaterial und alten Papieren.

Ich hatte im Umzugschaos vergessen, die Schubladen durch zu sortieren. Was mal wieder typisch für mich war.

"Eigentlich könnte ich gleich diese Altlasten entsorgen." In der Küche hatte ich noch alte Müllsäcke. Dahinein stopfte ich alles, was vor mir lag. Endlich fand ich die gesuchte Lupe.

Das Glas vors Auge gepresst betrachtete ich das Foto genauer.

Kein Zweifel, das war Mark und die Frau an seiner Seite war schön und elegant anzusehen.

Sicherlich war sie bestimmt auch noch klug und erfolgreich.

Nicht so ein Dummchen wie ich.

Ich fühlte mich verraten und hintergangen. Wut stieg in mir auf. Wut und Mutlosigkeit.

Eine Träne rollte über meine Wange. Dann brachen alle Dämme.

Ich rutschte auf den Küchenboden. Hier blieb ich sitzen,

die Tränen strömten unablässig aus meinen Augen. Ich konnte den Gewitterstrom nicht stoppen, so sehr ich mich auch mühte.

Doch sobald ich das Foto in meinen Händen betrachtete, ging es von vorne los. Nie hätte ich es gewagt nach ihm zu suchen.

Bisher hatte ich diese Möglichkeit nie in Betracht gezogen.

Wusste ich doch nicht einmal seinen Nachnamen. Ein Einfall bahnte sich seinen Weg durch mein Hirn. Hatte Mark es absichtlich versäumt mir seinen Familiennamen zu nennen, weil er nicht gefunden werden wollte?

So saß ich, bis es zu dunkel in der Küche wurde um noch etwas auf dem Bild zu erkennen.

Endlich versiegte der Tränenstrom. Aus meiner Hosentasche fischte ich ein Taschentuch, ich schnäuzte mich ein letztes Mal kräftig.

Mein Magen erinnerte mich durch lautes Knurren daran, dass ich, seit Stunden nichts gegessen hatte.

Also schraubte ich mich in die Höhe, machte Licht in der Küche und wusch mir mein bestimmt verheult aussehendes Gesicht gleich über der Spüle. Mit der Stulle in der Hand kuschelte ich mich auf mein Sofa. Meine Gedanken drehten sich wie ein Karussell im Kreis. Da war mir Mark in den Schoß gefallen und gleich wieder weggenommen worden. Jetzt wo sich meine Träume vielleicht erfüllen könnten. Das Schicksal hatte mir seinen Namen frei Haus geliefert, und die Schlange aus dem Paradies gleich mit dazu.

Wie könnte ich es je mit dieser Frau, was Schönheit, Eleganz und Cleverness betraf aufnehmen. Ich hatte nichts zu bieten, außer einem Baby.

Ich war das Schulmädchen, das auf den Charme eines Barkeepers auf einem Frachter hereingefallen war. Er hatte mich belogen, nach Strich und Faden belogen. Neben der Enttäuschung und Traurigkeit und der Wut in mir, stellte sich mir die Frage:

"Muss ich mir das antun?" Trotzig beantwortete ich sie mir selber.

"Nein, muss ich nicht."

28 CHARLIE

Wie immer kam ich zu spät. Studienrat Krober hatte
schon mit dem Unterricht begonnen. Als ich eintrat,
war er dabei Zettel für eine Kontrollarbeit zu verteilen.
Ich stellte einen Kaffee-to-go auf den Lehrertisch und
ließ mich auf meinen Platz neben Sacha fallen.
"Sollte das ein Bestechungsversuch gewesen sein, so
muss ich den aufs Entschiedenste ablehnen", sagte
Krober und nahm grinsend einen großen Schluck aus
dem Becher.
"Nicht doch Herr Studienrat nur eine kleine
Entschuldigung fürs Zuspätkommen."
Da Mathe nicht gerade zu Sachas und meinen
Lieblingsfächern gehörte, setzte ich hinzu:
"Ich hoffte, Sie würden uns heute verschonen, wo doch
das Wochenende für uns alle so schwer war."
Ich zeigte in die Runde, wo die halbe Klasse gelangweilt
und müde in den Bänken hing.
"Tut mir leid, Herrschaften. Nächsten Monat beginnen
die Prüfungen, der Test soll euch eure Schwachstellen
zeigen." Er sah zur Wanduhr.
"Ihr habt ab jetzt 30 Minuten."
Später am Tag standen wir in der Cafeteria vor dem
Scanner in der Schlange. Ich balancierte mit der einen
Hand mein Tablett, mit der anderen kramte ich in
meiner Tasche nach meiner Essenkarte.
Sacha neben mir schaute zu und schmunzelte, über

meine Bemühungen nur ja nichts fallen zu lassen.

Wir sahen uns um. Es war laut, alle schnatterten durcheinander, erzählten sich, was am vergangenen Wochenende passiert war
oder auch nicht.

Hinten an der Wand hatten wir endlich einen freien Tisch für uns entdeckt. Zielstrebig steuerten wir darauf zu.

Ich hatte Hunger und erzählte dabei von meinem Wochenende.

Ich war zum ersten Mal in einem Frauensportstudio gewesen.

"Und der Trainer, dort" schwärmte ich. "Max heißt er, er ist so niedlich und nett. Es war toll."

Sacha saß mir gegenüber und zerkrümelte ihr Brötchen. Sie schien in Gedanken versunken zu sein.

"Hallo, Erde an Sacha! Wo bist du gewesen? Du hast gar nichts mitgekriegt, stimmt's?"

"Doch, natürlich." Sichtlich erschrocken tauchte sie wieder auf.

"So, dann wiederhole, was ich eben gesagt habe."

Sacha stotterte herum: "Du warst in einer Muckibude, und der Typ dort hieß Moritz oder so."

"Max! Sein Name ist Max", gab ich leicht angesäuert zurück.

"Du hörst mir nicht zu, und du isst auch nicht." Ich nickte zu ihrem Teller, auf dem sich das zerpflückte Brötchen breitmachte.

"Entschuldige. Ich bin eine schreckliche Freundin. Also, was war noch mal mit Max?"

Sacha stützte sich auf ihre gefalteten Hände und schaute mich an.

Ich lächelte sie an.

"Ich verzeihe dir. Alsoo …" Ich erzählte alles haarklein von vorne.

Schon während meines Berichts bemerkte ich, dass Sachas Aufmerksamkeit immer wieder wegrutschte. Schließlich gab ich es auf, ihr von Max erzählen zu wollen.

Ich verschränkte die Arme vor der Brust, lehnte mich an und sah sie stumm an.

"Was ist los?"

"Das frage ich dich?" Gab ich zurück.

"Der Typ aus der Zeitung ist Mark", platzte sie heraus.

Verständnislos wiederholte ich: "Der Typ aus der Zeitung?

Von wem sprichst du?"

"Na, von der Fusion der Reedereien. Auf dem Foto, das ist Mark."

Endlich begriff ich. "Der de Fries, das ist dein Mark. Der Vater deines Babys."

"Pst pst", sie blickte sich hektisch um. "Schrei nicht so." Sie flüsterte. "Ja, der!" Sie nickte.

"Na, prima." Ich hielt ihr mein Smartphon hin. "Los ruf ihn an und überbringe ihm die freudige Botschaft."

"Ich kann nicht!" Sie schüttelte den Kopf.

"Wie du kannst nicht?"

143

"Ich weiß seine Nummer nicht. Und außerdem soll ich
ihm etwa sagen, hier ist Sacha und Glückwunsch, du
wirst Vater!"

"Warum nicht", gluckste ich.

"Genauso würde ich es machen."

"Du, vielleicht. Aber ich nicht. Ich bin nicht so mutig
wie du."

Ich stimmte ihr zu und meinte dann: "Aber zuerst
müssen wir seine Telefonnummer herauskriegen. Das
kann doch nicht so schwer sein, schließlich führt er eine
Firma. Lass mich nur machen, bis zum Schulschluss
habe ich die Nummer."

Sacha erhob sich. Mittagspause ist vorbei. Ich muss los.
Sie hob die Hand und winkte.

"Bis nachher und viel Glück beim Detektiv spielen."

Sie glaubte nicht im mindesten daran, dass es mir
gelänge die Telefonnummer herauszukriegen. Doch
Sacha sollte sich getäuscht haben nach nur drei Anrufen
und einem Sack voller Lügen hatte ich es geschafft.
Genau zum Schulschluss präsentierte ich Ihr die
Telefonnummer
von Mark de Fries Sekretärin. Das musste reichen.

"Warte!" Schon von weitem wedelte ich mit dem Zettel.
An der Treppe holte ich Sacha ein. Misstrauisch beäugte
sie das Blatt.

"Hier, wie ich versprochen hatte. Die Telefonnummer."
Erwartungsvoll hielt ich ihr mein Smartphone hin.
Sie nahm den Papierschnipsel und steckte ihn achtlos in
ihre Hosentasche. "Danke."

Ich drängelte: "Los ruf an."

"Morgen! Vielleicht."

Ich kniff die Augen zusammen.

"Ich glaubte ihr kein Wort."

"Ich muss jetzt wirklich los. Sonst komme ich zu spät zum Hechelkurs"

Auch das glaubte ich ihr nicht. Offensichtlich wollte sie nicht, dass ich sie begleitete

"Gut, rufst du mich nachher noch an?"

Sie nickte und ging.

Skeptisch schaute ich ihr nach.

Irgendwie hatte ich ein ungutes Gefühl. Ich konnte nicht genau sagen, was mich zweifeln ließ. Aber die Art wie Sacha das `Morgen´ gesagt hatte, machte mich misstrauisch.

29 DESIREE

Endlich! Ich hatte es geschafft. Mark saß in der Falle.
Mein
Vater war zufrieden. Ich war wieder Papas Prinzessin.
Zufrieden rieb sich mein Vater die Hände. Bevor er sich
einen Cognac einschenkte. Er wandte sich mir zu.
Fragend hielt er die Flasche hoch. Ich schüttelte den
Kopf. Wie immer verschloss er die Flasche sorgfältig in
seinem Schreibtisch. Dann sah er mich
an. Ich hatte es mir in dem großen Ohrensessel, der in
seinem Arbeitszimmer stand, gemütlich gemacht.
Genüsslich sog er das Aroma ein, nahm einen Schluck
aus dem Glas, ehe er sagte:
"Das hast du gut hingekriegt. Jetzt musst du nur noch
zusehen, dass du diesen Tölpel bei der Stange hältst.
Dann steht deinem Wunsch, CEO von Reddlich und
Co. zu werden, nichts mehr im Weg."
Er setzte sich mir gegenüber und musterte mich, ehe er
fragte: "Habt ihr schon einen Termin für die Hochzeit
festgelegt? Ich will, meine einzige Tochter bald den
Kirchengang hinunter zu ihrer Trauung führen."
Es erstaunte mich nicht im Mindesten, dass mein Vater
es so eilig hatte.
Mark war der Meinung gewesen, dass wir noch einige
Zeit verstreichen lassen wollten, bevor wir den
Hochzeitstermin verbindlich festlegten. Jedenfalls wollte

Mark das so. Ich dagegen sah mich schon im weißen Kleid vor dem Altar stehen.

"Noch nicht. Mark will erst die Aktionärsversammlung abwarten .Er meint, danach hätten wir genug Zeit, uns um die Hochzeit zu kümmern."

"Lass dir nicht zu viel Zeit, sonst springt dir der Fisch noch vom Haken. Du weißt, ich brauche den vollen Zugriff auf die de-Fries-Schiffe. Meine Geschäftspartner in Hongkong werden langsam ungeduldig."

"Mach dir darum keine Sorgen, die ersten Container sind geladen und auf dem Weg nach Rotterdam." Zufrieden schwadronierte er darüber, wie er die de Frieses einseifen würde.

"Du solltest den Sack so schnell wie möglich zu machen, und am besten geht das mit einem Kind."

Hellhörig geworden, fragte ich nach.

"Was meinst du?"

"Naja! Du könntest ihm beispielsweise vorgaukeln du bekämst ein Kind. Das wäre eine gute Rechtfertigung für eine überstürzte Heirat."

"Und nach der Hochzeit sagst du. Du hättest dich geirrt."

"Du vergisst, dass ich unfruchtbar bin."

Genervt winkte er ab.

"Diese Kleinigkeit musst du ihm ja nicht auf die Nase binden.

Dazu ist immer noch Zeit genug, wenn ihr erst mal verheiratet seid."

Er schmeichelte: "Du bist doch ein schlaues Mädchen. Dir wird schon etwas einfallen."

Ich war mir nicht sicher, ob die Idee meines Vaters so klug war.

Aber anderer Seitz hatte ich keine andere Wahl. Ich musste meine Unfruchtbarkeit vorläufig geheim halten. Ich wusste nicht, wie Mark über Kinder dachte. Für mich war die Sache klar. Ich wollte auf keinen Fall meine Zeit mit diesen schreienden Plagen verbringen. Das fehlte mir noch.

Sicherlich würde mir später, wenn das Thema Familienplanung akut würde, eine passende Ausrede, einfallen.

30 SACHA

Irgendwie fühlte ich mich erleichtert. Morgen früh würde ich zur ambulanten Operation antreten, und Mittag wäre ich wieder ein freier Mensch.

Jetzt musste ich es nur noch irgendwie Charlie beibringen. Sie sollte mich am Nachmittag in der Klinik abholen. Allein durfte ich nicht nach Hause.

Ich überlegte, wie ich es am besten anstellte, sie dorthin zu bestellen, ohne allzu viel preiszugeben. Sie war so, so enthusiastisch, was das Baby betraf. Nun gut, das war ich anfangs auch gewesen. Aber mit der Zeit waren mir doch starke Zweifel gekommen, ob es richtig wäre das Kind zu behalten. Ich war gerade mal 18 Jahre alt, ein Schulmädchen, wie Mark so treffend gesagt hatte.

Meinen Traum wollte ich verwirklichen. Einmal als Backpackerin mit dem Fahrrad über die Hochebene des Himalajas reisen. Dieses Abenteuer hätte ich mit Kind für alle Zeiten

begraben können. Alleinerziehende Mutter wollte ich auch nicht sein. Zuerst hoffte ich immer noch, dass das Schicksal mir wieder gewogen sein

würde. Weitgefehlt! Nein, es musste noch einen draufsetzen. Und es mir praktisch in Form des Zeitungsartikels vor die Füße werfen.

Meine Kleinmädchenträume, die ich hegte, seit ich von meiner Schwangerschaft wusste, dass Mark und ich uns wieder treffen und wir dann eine glückliche Familie würden zerplatzten wie eine Seifenblase."

So saß ich Charlie gegenüber, hörte ihr mit halben Ohr zu, wie sie von einem Jungen schwärmte, den ich nicht kannte und der mich im Grunde genommen auch nicht sonderlich interessierte.

Sie hielt mir ihr Telefon hin. Ich sollte Mark anrufen.

Das war das Letzte, was ich jemals freiwillig getan hätte. Ich wiegelte ab.

Und versprach morgen an zurufen.

Morgen! Morgen würde alles vorbei sein. Morgen, wenn ich wieder Herrin der Lage war.

Morgen könnte mir Mark und der Rest der Welt gestohlen bleiben.

Am Abend hatte ich dann einen Dreh ausgeknobelt. Ich rief sie an.

"Yoo!" Ich atmete auf. Schnell haspelte ich meinen ausgedachten Text herunter:

"Ich wollte fragen, ob du mich morgen Nachmittag von der Tagesklinik abholen könntest."

Ich hörte, wie sie nach Luft schnappte.

"Was, was ist los?"

"Nichts, es ist alles okay. Ich habe ein Vorstellungsgespräch.

Schließlich muss ich nach dem Abi Geld verdienen", log ich weiter. Und hoffte, dass meine sonst so hellsichtige Freundin dieses Mal blind wie ein Maulwurf wäre.

Nur ein trockenes Aha, war von ihrer Seite zu hören.

"Wann soll ich da sein?"

Ihre Stimme klang nicht wie sonst fröhlich weich, sondern geschäftsmäßig hart.

Alarmiert sprach ich hastig weiter. "Ich denke so gegen 16 Uhr. Der Termin ist um drei.

"Dann kommst du noch am Vormittag zu Schule?"

"ÄH, ich glaube nicht. Ich will mich noch vorbereiten und meine Unterlagen fertigmachen. Verstehst Du!"

"Ja, ich verstehe. Bis morgen Nachmittag dann."

Sie hatte ohne weitere Erklärungen zu erwarten, aufgelegt. Einfach so. Das sah ihr nicht ähnlich. Sonst wollte sie immer alles haarklein wissen, am liebsten noch mit Bild.

Diesmal nichts, gar nichts.

Eine Ahnung beschlich mich. Sie hatte meine Lüge durchschaut.

Ich war mir sicher, dass sie meine Entscheidung nicht billigte, sie aber verstand. Und als gute Freundin, die sie war, würde sie zu mir halten. Was auch immer passieren mochte.

Ich ging unter die Dusche. Das heiße Wasser spülte, die Anspannung und die Angst vor dem Eingriff, nicht wie sonst von mir ab. Kläglich war der Versuch mich durch das warme Wasser
auf meinem Körper, zu entspannen gescheitert. Ich fühlte mich noch schlechter als vorher. Vor allem, weil ich Charlie so schmählich belogen hatte. Voller Gewissensbisse ging ich zu Bett.

Zusammengerollt lag ich im Dunklen und dachte an Morgen.

Ich hatte keine Ahnung, was auf mich zu kam. Natürlich wurde mir, beim Vorgespräch der Ablauf genauestens erklärt. Es hatte alles so einfach geklungen. Jetzt in meinem Bett, kamen mir Zweifel und das Gespenst der Angst spähte um die Ecke. Wie

von selbst legten sich meine Hände schützend auf meinen

Bauch.

Mitten in der Nacht wachte ich schweißgebadet auf. Ich wusste nicht genau, was mich geweckt hatte. Mein Herz hämmerte in meiner Brust. Dann erinnerte ich mich wieder.

Ich hatte geträumt.

Ich war Roller gefahren, am Lenker zwischen meinen Armen, stand vor mir ein kleines Mädchen mit im Wind wehenden blonden

Haaren. Sie war meine Tochter.

Danach konnte ich lange nicht einschlafen. Unruhig wälzte ich mich im Bett herum. Bis ich völlig erschöpft irgendwann einschlief.

31 MARK

Durchgeschwitzt brachte ich Hector zu seiner Box.
Ich war in aller Herrgottsfrühe zum Stall gefahren, um
zu reiten.
Desiree schlief noch, als ich mich aus dem Bett schlich.
Dachte ich. Ihre Finger strichen meinem Rücken
hinunter, sie streichelte mit ihrem Handrücken über
meinen Bauch. Mit ihren Fingernägeln zog sie eine
heiße Spur auf meiner Haut, vom Nabel hinab zu
meinem Penis. Sie umfasste mich, und ich stöhnte.
Sie war eine Meisterin. Sofort wuchs in mir das
Verlangen. Mein Kopf leerte sich, und alles Blut floss
hinab und machte mich hart und steif. Mit gekonnten
auf und Abwärtsbewegungen steigerte sie meine
Leidenschaft. Ich hörte sie stöhnen. Ihre Lippen
schlossen sich um mich. Mit ihrer Zunge umspielte sie
meine geschwollene Eichel. Als ich schier am Bersten
war, schwang sie
sich auf mich und ritt mich wie eine Amazone ihr Pferd.
Ich wollte sie umarmen, sie wehrte jede Berührung ab.
Mit ihren Schenkeln drückte sie mein Becken in die
Matratze. Sie steigerte das Tempo, ihr Gesicht war
angespannt und hoch konzentriert.
Mir schien es, als würde sie eine Übung absolvieren.
Endlich! Ihr Körper spannte sich an, sie verharrte einen
Moment in der Bewegung, dann lies sie sich heftig

atmend auf mich sinken. Ich ließ, sie sich auf meinem Körper ausruhen. Sanft schob ich sie von mir herunter. Ich erhob mich und ging ins Bad. Unter der Dusche, das warme Wasser prasselte auf mich herab, beendete ich mit meiner Hand, was Desiree mit ihrem Ritt nicht zu Ende gebracht hatte.

***

Ich ritt im scharfen Galopp am Strand entlang, während die Sonne aus dem Grau des Meeres aufstieg. Ich genoss den Augenblick des Sonnenaufgangs. Meine Zeit war zu knapp bemessen, um solche Anblicke öfter zu erleben. Obwohl der Sand noch feucht vom Tau der Nacht war, ließ ich mich nieder und dachte darüber nach, was ich von Desirees Attacke halten sollte.

Ich mochte es durchaus, wenn Frauen die Initiative ergriffen, zärtlich bestimmten, wo es lang ging. Aber dies war eine Machtdemonstration gewesen. Ich war mir im Klaren darüber, dass ich Sex so nicht noch einmal erleben wollte. Und ich würde es nicht noch einmal geschehen lassen. Soviel stand für mich fest.

Das Handy in meiner Hosentasche vibrierte. Ich rieb Hectors schweißnasses Fell trocken. Also ignorierte ich den Anruf. Ich hatte zu tun. Was konnte so wichtig sein, dass es nicht ein paar Stunden Aufschub vertrug. Ich sah auf das Display, die angezeigte Nummer erschien mir gänzlich unbekannt. Ich drückte das Gespräch weg. Doch der

Anrufer gab einfach nicht auf. Schließlich nahm ich das Gespräch an.

"Hallo, de Fries", meldete ich mich widerwillig.

Die Stimme am anderen Ende klang jung und äußerst aufgeregt.

"Mein Name ist Charlie, ich bin die Freundin von Sacha. Sie wissen doch, wer Sacha ist?"

"Nein, und darf ich fragen, wie Sie an meine Privatnummer gekommen sind?"

Charlie verhaspelte sich beim Sprechen. "Das ist doch jetzt

egal. Ich weiß, dass Sie Sacha Martens kennen, die vom Frachter."

Jetzt wurde ich ganz Ohr. Einlenkend erwiderte ich: "Nehmen wir an, ich kenne einen oder eine Sacha. Was wollen Sie mir mitteilen?"

"Ähm", sie stockte. "Sie müssen mir versprechen nicht sauer zu werden. Und nicht zu verraten, woher Sie die Info haben."

"Gut. Ich verspreche es. Also schießen Sie los."

Wie aus der Pistole geschossen kam: "Sacha ist schwanger, und jetzt auf dem Weg in die Tagesklinik, um es sich wegmachen zu lassen. Und wenn Sie das nicht wollen, dann verhindern sie es."

Dann vernahm ich ein Erleichtertes: "So, jetzt ist es raus!"

Mir verschlug es regelrecht die Sprache. Ich musste die Information erst einmal sortieren und verdauen. Also schwieg ich.

"Hey, sind Sie noch da? Haallo!""

Ich räusperte mich. "Wie kommen Sie darauf, dass mich der Zustand von Frau Martens interessieren könnte?"

Meinem anderen Ende der Leitung schien es nun ebenfalls die Sprache verschlagen zu haben.

Dann kam ein, "Ach vergessen sie, dass ich was gesagt habe. Sacha hatte recht gehabt." Womit Sacha recht hatte, habe ich nicht mehr erfahren, Charlie hatte grußlos aufgelegt.

Ich stand da und wusste nur eines: Sacha existierte. Sie war

nicht verschwunden. Und aus einem mir unerfindlichen Grund war ihre Freundin der Meinung, dass ich erfahren sollte, dass sie schwanger wäre.

Wollte ich mehr erfahren, musste ich mich auf den Weg zu besagter Tagesklinik machen, um dort Sacha zu treffen. Ich blickte auf meine Uhr. Es wurde höchste Zeit. Die fingen dort nicht erst um 10 Uhr an zu arbeiten.

Einem Stallburschen, gab ich die Bürste und den Hufkratzer in

die Hand und bat ihn, dort weiter zu machen wo ich aufgehört

hatte. Ich setzte mich in mein Auto und fuhr eilig vom Hof.

32 SACHA

Ich stand am Fenster und schaute hinunter auf die Straße. Neben mir auf dem Tisch lagen die Formulare, die ich lesen und unterschreiben sollte. Erst dann würde man mich für den Eingriff vorbereiten. Im Prinzip wusste ich Bescheid, wie die Abtreibung vorgenommen wurde. Bei der Vorbesprechung hatte mir die Gynäkologin das Wesentlichste erläutert. Mein Blick wanderte zwischen der Aussicht und den Blättern hin und her.

Ich war aufgeregt. Mein Herz schlug mir bis zum Hals, obwohl ich schon bei der Anmeldung vorhin Beruhigungstropfen verabreicht bekommen hatte. Ich fühlte mich hin und her gerissen.

Mein Kopf sagte "Ja" und mein Herz "Nein". Noch einmal wägte ich alle Möglichkeiten gegeneinander ab. Ich dachte an Mark. Wie würde er reagieren, wenn er von dem Baby erfuhr? Und davon, dass ich es abgetrieben hatte. Würde er mir Vorwürfe machen? Wäre er froh darüber, keine Verpflichtung eingehen zu müssen?

Im Innersten wusste ich, gleichgültig wie ich mich entschied, er würde es nie erfahren. Ich hatte mir diese Suppe eingebrockt, und ich löffelte sie jetzt auch aus. Schließlich war ich es gewesen, die sich auf einen One-Night-Stand eingelassen hatte. Ich hatte ihn

provoziert und er war nur allzu gerne darauf
eingegangen.

Und um allem die Krone aufzusetzen, war ich
abgehauen,

als er mit mir reden wollte.

Ich nahm den Kugelschreiber, um zu unterschreiben.
Meine Hand zitterte. Ich legte den Stift wieder weg.

Die Luft wurde mir knapp, ein Reifen der Angst oder
Panik oder beides presste mir den restlichen Sauerstoff
aus der Lunge.

Ich ließ mich aufs Bett, fallen klemmte den Kopf
zwischen die Knie und versuchte ruhig zu atmen.

Endlich ließ die Attacke nach. Ich konnte freier Luft
holen. Dafür sah ich die Bilder meines Traums wieder
vor meinem inneren

Auge auferstehen. Meine Tochter mit blonden
wippenden

Zöpfchen auf dem Roller, fröhlich lachend.

"Nein.", sagte ich laut. Instinktiv hatte ich meine Hände
schützend auf meinen Bauch gelegt. Ich holte meine
Tasche aus dem Schrank und begann, mich anzuziehen.
Das lächerliche OP-Hemd landete auf dem Stuhl. Mein
Kopf steckte noch im Pullover, als die Tür aufgerissen
wurde und eine männliche Stimme ins Zimmer brüllte:
"Das wirst du nicht tun, ich verbiete es dir."

Die Stimme kam mir bekannt vor. So schnell wie
möglich zappelte ich mich durch den Pullover. Doch,
statt dieses Ding überzustreifen, verhedderte ich mich
rettungslos darin und steckte buchstäblich fest.

Ich vernahm einen frustrierten Unterton in der Stimme. "Herrgott noch mal, Sacha. Wir können über alles sprechen."

Ich hatte es geschafft, den Pullover endgültig über zu streifen und sah mich Mark gegenüber. Hinter ihm stand eine Schwester und zeterte.

"Was erlauben Sie sich?"

Mir flog fast das Herz aus der Brust, mein Magen verknotete sich, und meine Beine, waren außerstande mich noch zu tragen.

Taumelnd sank ich auf den nächstbesten Stuhl.

Wie Vater Gott Zeus höchst persönlich, stand Mark mit vor der Brust verschränkten Armen vor mir und blitzte mich wütend an. Während die Schwester immer noch herumzeterte und
mit dem Sicherheitsdienst drohte.

Die Situation erschien mir so grotesk, dass ich, nachdem ich mich vom ersten Schreck erholt hatte, lauthals zu lachen begann.

Beide verstummten und schauten mich verdattert an.

Ich dagegen hatte zutun, mich wieder einzukriegen. Ich hickste: "Er gehört zu mir, es ist okay, wenn er hier ist."

"Aber sie werden jetzt für die OP vorbereitet", resolut trat die Schwester an den Tisch, sah dort die nicht unterschriebene Zustimmungserklärung und das Aufklärungsformular liegen.
 Sie
nahm sie und wedelte damit empört in der Luft herum.

"Sie müssen noch unterschreiben."

"Nein, muss ich nicht", widersprach ich und wandte mich ihr zu. Sie schielte über den Brillenrand, ihre Augenbrauen verschwanden beinahe in ihrem Haaransatz.

"Ich habe es mir anders überlegt. Ich gehe nach Hause. Jetzt!!", setzte ich noch einen drauf.

Die Schwester schnappte wie ein Fisch auf dem Trockenen.

"Aber sie haben das Beruhigungsmittel schon bekommen, das muss die Doktorin entscheiden."

Sie drehte sich auf ihren Birkenstocks um und rauschte hinaus.

Mark hatte es sich inzwischen auf meinem Bett gemütlich gemacht.

Er strahlte von einem Ohr zum anderen.

Ich fauchte ihn an: "Was gibt's da zu grinsen?"

"Es ist schön, dich wiederzusehen."

"Ach ja?", ich bemühte mich, ihm nicht zu sehr zu zeigen, dass mich seine Anwesenheit zutiefst verunsicherte. Stattdessen tat ich unheimlich cool.

"Du wunderst dich nicht, wieso ich hier bin?" Er nahm meine Hand und zog mich neben sich aufs Bett.

"Nein, eigentlich nicht. Mir ist schon klar, wer dich angerufen hat. Aber das ändert nichts an der Tatsache, dass ich meine eigene Entscheidung getroffen habe und du verlobt bist."

Mark stimmte mir nickend zu. Behutsam fragte er:

"Wieso?"

"Was wieso?" Ich wusste genau, was er meinte. Ich wollte, dass er es auch aussprach.

"Warum hast du es dir anders überlegt und dich für unser Kind entschieden?"

Mir blieb bei seinen Worten die Sprache weg. Die Stimmbänder in meinem Hals verknoteten sich. Unfähig zu antworten, hatten mich die zwei Worte >unser Kind< aus der Bahn geworfen.

Ob ich wollte oder nicht, Tränen rollten meine Wangen herunter.

Zärtlich strich Mark sie mit seinem Daumen weg.

"Tsch, tsch, tsch, nicht weinen." Er zog mich in seine Arme.

In diesem Augenblick löste sich der riesige Knoten in meinem Inneren. Ich klammerte mich an ihn. Es war, als wäre ich kurz vorm Ertrinken gewesen, die Tränen rollten, ich konnte sie nicht stoppen. Beruhigend klopfte er mir auf den Rücken und ertrug die Flut aus meinen Augen, die sein Hemd durchnässte. Es dauerte eine Weile, bis ich mich wieder beruhigt hatte.

Nach der allgemeinen Erleichterung kam die Bestürzung. Er hatte unser Kind gesagt. Mir stellte sich die Lage, in der wir uns befanden ganz anders dar. Ich hatte ein Baby und er eine Verlobte.

Also sagte ich zu ihm: "Ich habe ein Baby und du eine Verlobte, es gibt zwischen uns nichts zu besprechen."

Ich nahm meine Tasche vom Bett und ging zur Tür hinaus.

Natürlich folgte mir Mark auf dem Fuße. Er hielt mich am Ellenbogen fest.

"Halt, junge Dame, so leicht kommst du nicht davon."
Ich stoppte, stemmte die Fäuste in die Seiten und musterte ihn von oben bis unten.
Wut kochte in mir hoch.
>Was bildete der Kerl sich eigentlich ein? Platzt hier herein und übernimmt so mir nichts, dir nichts die Führung und glaubt doch tatsächlich, ich
sinke ihm in die Arme. Na ja, um ehrlich zu sein, gesunken bin ich.<
Mark blickte in die Runde. Die Schwestern hatten es sich hinter ihrem Tresen gemütlich gemacht und verfolgten neugierig unseren Disput. Er nahm mir die Tasche ab.

"Gibt es nichts zu tun, meine Damen?"
Die Schwestern taten sehr beschäftigt. Er sprach eine von ihnen an: "Geben Sie der jungen Dame hier ihre Entlassungspapiere."
Mir blieb der Mund offen, als ich mitbekam, wie prompt seine Bitte ausgeführt wurde.
Er schulterte meine Tasche. Ohne ein weiteres Wort zu sprechen, gingen wir gemeinsam zu seinem Wagen.
Mark hielt mir die Beifahrertür auf. Fürsorglich, so als wäre ich aus Porzellan, half er mir beim Einsteigen und dabei den Sicherheitsgurt anzulegen.
Wir fuhren in Richtung Innenstadt. Erschöpfung breitete sich in mir aus. Ich lehnte meinen Kopf gegen

die Scheibe, die Augen hielt ich geschlossen. Ich dachte: "Nur einen Augenblick entspannen."

"Aufwachen, Prinzessin!"

Verwirrt klappte ich die Lider auf.

Marks Gesicht schwebte über mir.

"Wo sind wir. Hier wohne ich nicht.", stellte ich nach einem kurzen Rundumblick fest.

Er lächelte mich an. "Nein, aber ich. Wir sind im Stadthafen, ich wohne hier. Und du jetzt auch."

Mit einem Schlag war ich hellwach.

"Aber …" Mit einer Geste schnitt mir Mark das Wort ab.

"Komm mit nach oben, dort können wir in Ruhe weiterreden."

Er holte die Tasche aus dem Kofferraum und öffnete die Haustür.

Na,ja, zu besprechen gab es Einiges. Warum nicht. Ich kletterte aus dem Auto und folgte ihm ins Haus.

33 MARK

Ich trat mit Sacha in den Fahrstuhl, der uns direkt in mein Penthouse beförderte. So verschaffte ich mir etwas Zeit, um über die neue Situation nachzudenken. In der Klinik hatte ich spontan
gehandelt. Sie tat mir leid, sie wirkte so verloren in diesem sterilen, hässlich grün gestrichenen Zimmer. Fieberhaft dachte ich darüber nach, wie ich mit ihr umgehen sollte. Im Grunde genommen stimmte ihre Einschätzung perfekt.
Ich war verlobt. Desi würde nicht begeistert sein. Das Gegenteil war wohl eher der Fall. Davon war ich überzeugt. Andererseits hatte ich auch Sacha gegenüber eine Verantwortung.
Und rechnen konnte ich. Es waren exakt 10 Wochen seit unserer Nacht vergangen. Ich schätzte Sacha, als nicht besonders flatterhaft ein. Da lag es nahe, dass ich mich in der Vaterrolle wiederfand.
Sacha stand mitten im Wohnzimmer und rührte sich nicht vom Fleck.
"Setz dich, und mach es dir gemütlich. Möchtest du einen
Kaffee? Ich hole uns einen Kaffee." Geschäftig marschierte ich in meine Küche und setzte dort den Espressoautomaten in Gang.
"Tee!"

"Was?" Sacha stand in der Tür. Sie flüsterte, "Tee, ich trinke Tee."

"Okay." Ich schob ihr einen Stuhl hin. Sie setzte sich so, dass der Tisch wie eine Barriere zwischen uns stand.

"Ich schob ihr den Becher mit Tee hinüber. Sie legte die Hände um die Tasse, als wollte sie sich wärmen. Sie hob den Blick, schaute mich an und fragte leise: "Mark, was soll das. Was soll ich hier?"

"Ich will mit dir sprechen, und ich will, dass du bei mir lebst."

"Wieso? Du kennst mich überhaupt nicht. Du hast mich nicht gefragt, ob ich das möchte."

"Und", ich verstand sie kaum, so wisperte sie: "
Du hast mich nicht gefragt, ob du der Vater bist."

Ich blickte sie ernst an. Sie rutschte unter meinem Blick förmlich in sich zusammen.

"Das muss ich nicht. Ich kann rechnen. Du warst noch Jungfrau- schon vergessen"
Du hattest es so eilig, da habe ich die Kontrolle verloren und das Kondom ist gerissen.. So etwas ist mir bis dahin noch nie passiert.

"Entschuldige. Ich bin der Erfahrenere von uns Beiden, ich hätte daran denken müssen. Ich hätte es Dir sagen müssen, damit Du die Möglichkeit gehabt hättest, noch etwas zu unternehmen. Damit Du vorbereitet gewesen wärst."

Ich langte über den Tisch, nahm ihre Hand.
Sacha sah mich mit Augen, so grün wie die Hoffnung und unendlich traurig an. Tränen sammelten sich, ich

befürchtete eine Sturzflut. Ich setzte mich neben sie und nahm sie tröstend in die Arme.

Wieder einmal durchnässte sie mein Hemd. Jetzt war eh schon alles egal. Ich wollte Sacha unbedingt bei mir behalten.

Die Gedanken an Desiree schob ich vorläufig zur Seite. Mit diesem Problem konnte ich mich später beschäftigen.

Sacha war mir wichtig. Froh darüber, dass ich sie bei mir hatte, machte ich ihr ein Angebot.

"Bleib bei mir. Du wohnst im Gästezimmer, ich will für euch

sorgen. Schließlich bin ich zur Hälfte mit für deine Situation verantwortlich."

Sie schüttelte den Kopf und schniefte, "Ich habe eine Wohnung."

Scheiße. Natürlich. Sie hatte bisher auch irgendwo gelebt. Meine Gehirnzellen ratterten. Mir musste etwas einfallen, und zwar pronto.

Ich änderte die Taktik.

"Bist du fertig mit der Schule?"

Sie hob den Kopf und sah mich an. "In vier Wochen sind die mündlichen Prüfungen, danach bin ich durch."

"Was willst du danach tun?" Sie zuckte mit den Schultern: "Ich wollte mit meinem Rad als Backpackerin nach Nepal reisen.

Aber das ist jetzt vorbei." Sie sah an sich herunter.

"Außerdem ist mein Vater vor einigen Wochen gestorben. Ich muss mir einen Job suchen, ich brauche das Geld für das Baby. Am besten wird es sein, ich verkaufe mein Rad, dann habe ich wenigstens das Geld für den Kinderwagen."

"Tut mir leid!"

"Was?"

"Was? Was!" Sie sah mich verständnislos an.

"Das mit deinem Vater." Sie nickte.

"Aus diesem Grund war ich auf dem Frachter. Er wollte mich mit seinem Tod nicht belasten." Verbitterung klang aus ihren Worten.

"Er wollte es mir leicht machen."

Sie flüsterte: "Das Gegenteil hat er erreicht. Ich konnte mich nicht einmal von ihm verabschieden."

Verbitterung und ein großer Teil Angst vor der Zukunft, hörte ich aus ihren Worten heraus. Voller Mitleid zog ich sie in meine Arme. Tröstend streichelte ich ihren Rücken.

Ich dachte über ihre Worte nach. Sie hatte Pläne geschmiedet,

die nun wie eine Seifenblase zerplatzten. Und ich trug einen Teil Mitschuld an ihrer Situation. Ohne mir Zeit, für eine gründliche Überlegung zu lassen, rückte ich mit meiner fixen Idee heraus.

"Ich habe einen Vorschlag. Du bleibst bei mir, bis das Baby geboren ist. Du bekommst einen Job in meiner Firma und wenn das Kind da ist, gebe ich dir das Geld für deine Tour nach Nepal. Du brauchst dein Rad nicht weg zugeben."

Die Stirn gerunzelt sah sie mich an. Hastig sprach ich weiter: "Ich beantrage das Sorgerecht, dir steht es frei dahin zu gehen, wohin du willst."

Gespannt wartete ich auf ihre Reaktion. Würde sie ihr Kind einfach so hergeben?

Sachas Augen wurden kugelrund. Sie holte tief Luft, ehe sie ungläubig herausposaunte: "Du willst unser Kind von mir kaufen?"

Entsetzen malte sich auf ihren Zügen ab und ihre Stimme

klang schrill.

Mein Angebot hatte sie bis ins Mark getroffen. Sie sprang auf, rannte aus der Küche und gleich darauf hörte ich die Tür ins Schloss fallen. Weg war sie. Das hatte ich vergeigt, gründlich vergeigt.

34 SACHA

Wütend! Oh ja, ich war wütend. Was dachte sich dieser
Schnösel.
Ich sollte ihm so quasi mein Kind verkaufen. Als ob ich
auch nur einen Gedanken daran verschwendet hätte.
Ich stand im Fahrstuhl und fuhr hinunter in die Lobby
dieses extravaganten Hauses.
Ein Gedankenblitz raste durch mein Hirn:
 >Du wolltest dein Kind abtreiben. Für deine Freiheit.<
Abrupt stoppte ich meine Schritte, blieb mitten in der
Eingangshalle stehen.
Der Concierge musterte mich kritisch. Oh mein Gott,
ich war noch schlimmer als Mark.
Der Sicherheitstyp trat auf mich zu: "Geht es ihnen
gut?" Besorgt meinte er: "Sie sehen aus, als hätten sie
ein Gespenst gesehen
– so kalkweiß."
Er führte mich zu einer Sitzgruppe und ließ mich dort
in einen Sessel sinken. "Ich rufe oben an, wenn Sie
nichts dagegen haben."
Als er weg war, fischte ich mein Smartphone aus der
Tasche und rief Charlie an.
Sie nahm sofort an. "Sacha, geht es dir gut, ist alles okay
mit euch? Wo bist du?"
Besorgnis und Angst schwangen in ihrer Stimme mit.
Ich antwortete ihr: "Ja und ja, bei Mark."
Sie rief: "Bei Mark,…oh gut."

"Kannst du mich abholen kommen, mir ist nicht so gut."

"Jetzt gleich?", fragte sie.

"Jetzt gleich?", blaffte ich genervt. Jaaa jetzt gleich!!! Ich will so schnell wie möglich weg hier." Noch während ich meine beste Freundin anbellte überkam mich das schlechte Gewissen.

Sie konnte nun wirklich nichts dafür, dass ich so gereizt war. Also nahm ich mich zusammen und entschuldigte mich.

"Sorry, dass ich gerade so unfreundlich zu Dir war." Großzügig, wie Charlie nun einmal war, verzieh sie mir.

"Gut", stimmte sie zu. Ich nannte ihr die Adresse des kleinen Cafés um die Ecke. Ich hatte es in einem lichten Moment gesehen, als wir hier ankamen.

Ich ging am Concierge, vorbei auf die Straße. Er sah mir verdattert nach, wie ich beim Hinausgehen bemerkte.

Auf dem Weg zum Café sah ich mich interessiert um. Hier war ich noch nie gewesen. Natürlich kannte ich den Stadthafen, in den letzten Jahren hatte sich viel verändert. In die Silos hatte man extravagante Wohnungen gebaut. Genauso wie das, in dem Mark sein Penthouse besaß. Hier zu wohnen würde ich mir nie und nimmer leisten können.

Es gab schicke Boutiquen, einen Feinkostmarkt und eben dieses winzige Café mit angeschlossener Chocolaterie.

Der Tag war warm und sonnig, also setzte ich mich an einen der kleinen Strandtische, die draußen in der Nähe der Kaimauer standen. Die Serviererin kam und nahm meine Bestellung, eine kalte Schokolade, auf.

Die Sonnenbrille auf der Nase hielt ich mein Gesicht der Sonne entgegen.

Ein schlurfendes Geräusch holte mich aus meiner Versenkung.

Mark zog sich einen der niedlichen Korbsessel heran und saß vor mir.

Die Serviererin brachte meine Schokolade und schmachtete Mark an. Mit einer Handbewegung schickte er sie weg. In mir brodelte immer noch der Zorn auf mich und ihn. Er sah mich mit Dackelaugen an.

"So solltest du das nicht verstehen."

Ich stellte mich dumm.

"Was verstehen?"

"Mit dem Sorgerecht. Ich wollte dich ent…Ach, ich habe alles falsch angefangen."

Er winkte ab.

"Vergiss, was ich gesagt oder gemeint haben könnte. Ich biete dir einen Job, als meine Privatsekretärin an."

In meinen Ohren klang der Job, wie eben aus dem Boden gestampft. "Privatsekretärin!"

Mein Wissen über die Aufgaben einer Sekretärin erstreckte sich von ein paar Schreibaufgaben über diverse Telefongespräche hin zum Kaffee kochen. Ich hatte nur nebulöse Vorstellungen. Deshalb fragte ich nur mäßig interessiert nach. "Was macht deine private Sekretärin denn so?"

Er zuckte mit den Schultern, grinnte mich verschmitzt an und meinte: "Was weiß ich. Das muss ich mir erst überlegen. Ich habe die Stelle gerade erfunden."

"Aha." Ich nickte. "Dachte ich es mir doch."

"Kannst du Kaffee kochen?"

"Denke schon. Wenn die Maschine gut ist, werde ich auch einen anständigen Kaffee hinkriegen."

Jetzt grinste ich von einem Ohr zum anderen.

Er hob die Hand zum High five.

Ich schlug ein.

"Gut, also bis morgen. Wann kannst du kommen?"

"So gegen 2 Uhr, nach der Schule."

"Also, bis Morgen." Er erhob sich und schlenzte davon. Mir blieb nichts weiter übrig, als seine knackige Rückseite zu betrachten.

***

"Du brennst ihm noch ein Loch in seinen Hintern, der zugegebener

Maßen wohlgeformt ist."

Charlie beugte sich zu mir und umarmte mich. Prüfend beäugte sie mich von oben nach unten.

"Ist alles okay?" Sie runzelte ihre Stirn. "Du hast vorhin ziemlich fertig geklungen. Was war los?"

Sie nahm meine Schokolade, trank einen Schluck. "Hm, oberlecker."

Mit ihrer Zunge leckte sie sich einmal um den Mund herum.

"Das bestelle ich mir auch."

172

"Ich bin nicht besser als meine", mit den Fingern malte ich

Gänsefüßchen in die Luft:

"Sogenannte Mutter."

Charlie verdrehte die Augen: "Wie kommst du darauf?"

"Ich wollte mein Kind abtreiben, um meine Ruhe zu haben."

Der Kloß in meinem Hals verdichtete sich, als ich fortfuhr:

"Und Mark wollte es kaufen."

"Mach mal halblang. Du hast es dir anders überlegt. Und wie?

Mark wollte es dir abkaufen? Da komme ich nicht mit!"

Sie verstummte, als die Serviererin uns bediente.

Als sie weg war, erzählte ich ihr, dass Mark mir Geld geboten hatte, und das Sorgerecht beanspruchte, und ich bei ihm wohnen sollte.

"O-ha."

Ich wartete. Außer "o-ha", kam von ihrer Seite nichts mehr. Stattdessen schob sie ihre Sonnenbrille hoch und starrte mich

an. Unter ihrem Blick fühlte ich mich unwohl. Unruhig rutschte ich in meinem Sessel herum, bis ich es nicht mehr aushielt, und keifte:

"Was?"

Langsam blies Charlie die Luft aus ihrem Mund, ehe sie sich an die Stirn tippte.

"Ihr spinnt."

Verärgert drehte ich mich weg und betrachtete den
Sonnenuntergang.

Das Wasser leuchtete rot und violett. Entschlossen
erhob
ich mich, legte einen Geldschein auf den Tisch: "Danke,
dass du gekommen bist. Ich muss los. Ich komme
klar, bye!"

Ich ging und ließ eine sprachlose Charlie hinter mir.

35 CHRISTIAN

In der Kogge war es wie immer voll. Ich saß an der Bar und genehmigte mir einen Whiskey, während ich auf Mark wartete.

Ich beobachtete im schummrigen Licht die Leute. Eine Gruppe junger Frauen belagerten den Pianisten. Sie hatten auffällige rosa Schleifen im Haar und waren für diese Tageszeit schon ganz schön angesäuselt. Sie feierten wahrscheinlich einen Junggesellinnenabschied. Eine der Damen ging mit ihrem Korb herum und bot einen kleinen Feigling gegen eine Spende feil.

Ich angelte mir ein paar der Fläschchen heraus und ließ einen Fünfziger in den Korb fallen.

Erfreut nahm sie den Schein heraus und lies ihn in ihrem Ausschnitt verschwinden. Ihre Hüften schwingend ging sie weiter.

"Ich wusste bisher nicht, dass du es auf verheiratete Frauen abgesehen hast."

Mark schwang sich neben mir auf den Hocker, zeigte auf mein Glas und bestellte: "Das Gleiche noch mal." Der Barkeeper nickte.

Mark nahm seinen Drink entgegen und trank ihn mit einem Zug aus. Hart stellte er das Glas auf dem Tresen ab. Er sah mich an und erzählte:

"Ich habe sie gefunden. Und sie ist schwanger."

Es dauerte einen Moment, bis bei mir der Groschen fiel.

Mark trank inzwischen seinen zweiten Scotch. Als er sich den dritten bestellte und auch diesen hinunterschüttete, hatte ich mich vom Schreck erholt. Ich nahm ihm das Glas weg und fragte ihn: "Willst du dich volllaufen lassen oder wollen wir darüber reden? Wenn du dich zuschütten willst, kannst du das besser in deinen vier Wänden haben."

Er fuhr sich mit den Fingern durch die Haare und platzte dann heraus: "Ich habe schon wieder Mist gebaut."

"Nun mal langsam."

Ich klopfte meinem Bruder beruhigend auf die Schultern. "Was genau hat sich abgespielt?"

Mark erzählte mir, wie Sacha aufgetaucht war. Dass er sie in der Klinik abgeholt hatte. Und dass er das Sorgerecht für das Kind beanspruchte.

"Halt, langsam Alter. Eine Frage: Woher weißt du, dass das Baby von dir ist? Meinst du nicht, dass du ein wenig übers Ziel hinausschießt?"

Mark hatte sich inzwischen noch einen Whisky genehmigt.

"Ich weiß es einfach", nuschelte er ins Glas.

"Du weißt es." Ungläubig sah ich ihn an.

"Ich will dich, nicht von deiner rosa Wolke herunterholen, aber es wäre gut, wenn ihr beide vernünftig miteinander reden würdet.

Wie Erwachsene das in der Regel tun sollten."

Er rutschte vom Hocker und leicht verwaschen kam von ihm:
"Du hascht recht. Ich muss los."
Mark taumelte zur Tür. Ich packte ihn am Arm, und brachte ihn hinaus zu seinem Auto. Er fingerte in den Taschen nach seinem Schlüssel und ließ ihn in meine Hand fallen.
***

Ich traute meinen Augen nicht. In der Lobby saß ein Engel.
Der Traum meines Bruders. Ich hatte Mark untergehakt und schleppte ihn mehr, als dass er ging.

Sie erhob sich, nickte mit dem Kopf zu ihm hin:
"Was ist passiert?"
"Fünf doppelte Whisky sind passiert."
Sie hatte die Hände zu ihrem Herzen erhoben und sackte vor Erleichterung in sich zusammen.
"Oh gut. Ich hatte Angst, ihm wäre was geschehen."
"Hast du hier lange gewartet?"
Sie zuckte mit den Schultern, ehe sie antwortete: "Eine Weile. Ich wollte, bevor ich verschwinde, unbedingt noch einmal mit ihm reden."
"Hm hm, reden. Das Beste wird sein, du kommst mit nach
oben."

Sie fasste ihn unter die Schultern. Gemeinsam schleiften wir Mark, der wie ein nasser Sack zwischen uns hing, zum Fahrstuhl.

Drinnen lehnte ich ihn an die Wand und stützte ihn mit meinem Körper ab. Während wir nach oben fuhren, hatte ich Gelegenheit, mir Marks Eroberung näher zu betrachten. Sie erwischte mich beim Starren. Lächelte und…nichts.

Wir schleppten Mark in sein Schlafzimmer und packten ihn aufs Bett. Kaum lag er, schnarchte er auch schon.

Sacha hatte sich im Wohnraum auf die Couch gekuschelt, die Decke über sich gezogen und tat es ihm gleich.

Na prima, ich stand jetzt sinnlos in der Gegend rum.

Leise zog ich die Wohnungstür hinter mir ins Schloss und ging.

Dem Concierge unten in der Lobby gab ich den Auftrag Mark morgen rechtzeitig zu wecken. Ich hatte keine Ahnung, wo Desiree sich herumtrieb.

>Sollte sie als liebende Verlobte nicht bei Mark in seiner Wohnung sein?<

Falls sie auftauchte, sollte sie die zwei nicht in flagranti, wobei auch immer, ertappen.

Ich lieh mir Marks Wagen und fuhr zur Kogge, in der Hoffnung die Junggesellinnen wären noch am Feiern.

Die Kleine mit den Feiglingen im Korb hatte es mir angetan. Schließlich fing der Abend erst an.

36 DESIREE

Lässig warf ich den Schlüssel in die Schale. Es schepperte.

"Liebling, ich bin zurück. Wo steckst du?"

"In der Küche."

Meinen Sleep-over-Hackenporsche ließ ich im Flur stehen und lenkte meine Schritte dorthin.

In der Tür stoppte ich und betrachtete einigermaßen erstaunt, die Szene, die sich mir bot.

Mark, mein Verlobter, saß mit einer jungen Frau am Tisch und aß. Sie aßen Rührei mit Speck, Marks Lieblingsfrühstück.

"Guten Morgen Liebling." Ich umarmte Mark und gab ihm einen hoffentlich heißen Kuss. Das Mädchen ignorierte ich geflissentlich.

Aus den Augenwinkeln heraus beobachtete ich die Fremde. Sie legte das Besteck aus der Hand und erhob sich.

"Tut mir leid, ich gehe. Danke für das Frühstück."

Sie quetschte sich an uns vorbei.

Mark schnappte sie am Arm und hinderte sie daran zu gehen. Seine Hände auf ihre Schultern gelegt, zog er sie an sich. Misstrauisch beäugte ich das Pärchen. Mir schwante Böses. Das gefiel mir gar nicht. Ich schürzte die Lippen und wollte einen bissigen Kommentar abgeben, als er sagte: "Desiree, ich wollte dir eine alte Freundin vorstellen. Das ist Sacha, sie wird eine Weile

bei mir im Gästezimmer wohnen. Sie ist in Schwierigkeiten
und braucht Hilfe."

Um Verständnis heischend blickte er mich an.

Meine Augenbrauen verschwanden unter meinem Pony, ich schaute zwischen den beiden hin und her. Seine Haltung war eindeutig beschützend.

Ich fragte mich, was hier gespielt wurde? Es passte mir nicht, dass er so einfach vergaß, meinen Status zu erwähnen. Also stellte ich mich selber vor.

"Mein Name ist Desiree Reddlich und ich bin seine Verlobte."

Diese Sacha besaß die Unverschämtheit, mir ihre Hand entgegenzustrecken:

"Und, es freut mich, zu sagen."

„Sacha, iss dein Frühstück zu Ende. Desiree und ich, fahren zur Reederei. Nimm dir was du brauchst."

Die Art und Weise wie er mit ihr sprach, verstärkte mein Misstrauen noch.

Zähneknirschend wartete ich, bis wir im Auto saßen.

Kaum waren wir eingestiegen, da platzte mir der Kragen. Ich fauchte ihn an: "Kannst du mir bitte erläutern, wer das da oben in deiner Wohnung ist?"

Mark konzentrierte sich auf den Straßenverkehr, lenkte den Wagen souverän durch die verstopfte Innenstadt. Erst auf der Stadtautobahn antwortete er mir.

"Ich habe sie dir vorgestellt, ihr Name ist Sacha und sie wird eine Zeit lang bei mir im Penthouse wohnen."

Gereizt gab ich zurück:

"Was bedeutet bei dir eine Zeit lang?"

"Bis wir das Problem gelöst haben."

"Aha, und um welches Problem handelt es sich, wenn ich fragen darf. Vor allem was hast du damit zu tun?" Ich beobachtete ihn von der Seite und sah, wie er seine Kiefermuskeln anspannte. Mit den Händen umklammerte er das Lenkrad. Er war total angespannt. Irgendetwas machte ihm sehr zu schaffen. Ich fragte mich, was das wohl sei, was ihn aus der Spur warf.

Ich dachte, er würde mir nicht mehr antworten, dann brach es aus ihm heraus.

"Ich fühle mich für sie verantwortlich. Und ich habe sie auf der letzten Reise kennengelernt. Ich bitte dich, nimm es einfach hin.

Und bohre nicht weiter. Es würde Sacha nicht gefallen, wenn ich hinter ihrem Rücken über sie rede."

Verstimmt schwieg ich.

Er fuhr das Auto auf seinen privaten Parkplatz. Wir hielten vor dem Hauptgebäude.

Mark stieg aus, kam um den Wagen herum, öffnete die Beifahrertür, reichte mir als ein absolut perfekter Gentleman seine Hand und half mir beim Aussteigen. Ich beschloss, vorerst die Füße stillzuhalten, aber diskret Nachforschungen über diese mysteriöse Sacha anzustellen.

Mark hielt mir die Tür auf, wir betraten das Gebäude, und er begleitete mich zu meinem Büro. Bevor ich es betrat, erwähnte er noch: "Übrigens bevor ich es vergesse, Sacha wird ab morgen meine Privatsekretärin sein."

Ich glaubte, mich verhört zu haben.

"Das ist nicht dein Ernst?" Doch Mark meinte es ernst, sehr ernst sogar, wie ich an seiner Miene ersehen konnte.

Wütend schmiss ich die Tür hinter mir ins Schloss.

Genau das hatte ich auch noch gebraucht.

Ich dachte: >Dieses Luder.<

37 SACHA

Mark und seine Verlobte hatten die Wohnung verlassen.
Ich ging auf Erkundungstour.
Das Schlafzimmer hatte ich in der Nacht gesehen, als
wir Mark ins Bett brachten. Er hatte ein riesiges
Doppelbett. Mehr konnte ich wegen der schwarzen
Jalousien nicht erkennen. Es interessierte
mich auch nicht sonderlich. Vielmehr war ich neugierig
darauf, was es sonst noch so zu entdecken gab.
Der Wohnraum war mit einer riesigen Wohnlandschaft
ausgestattet.
Sehr bequem, ich hatte letzte Nacht darauf geschlafen
und war vorhin entspannt aufgewacht. Ganz anders als
auf meinem Sofa, wo ich nie ohne die lästigen
Rückenschmerzen, die
man sich auf den unbequemen Couches holte, erwachte.
Mark bewohnte ein Penthouse, eine Terrasse zog sich
um das gesamte Dach. Ich trat hinaus und war sofort
beeindruckt. Es standen aus irgendeinem Holz oder
Bambus geflochtene, gemütlich
aussehende Sessel, ein Tisch aus demselben Material
und eine große Liege draußen.
Und ein Jacuzzi aus schwarzem Stein. Die Aussicht von
so
hoch oben auf die Stadt und den Hafen war
beeindruckend. Die Pflanzen, die in großen Kübeln
wuchsen, waren so verteilt, dass

sie einen perfekten Sichtschutz bildeten. Hier konnte man sich vollkommen blank sonnen.

Ich dachte: >Das nenne ich Luxus.<

In der Küche gab es allen technischen Schnickschnack, ob man ihn brauchte oder nicht. In der Mitte stand ein Küchenblock mit Herd und Steinarbeitsplatte, sehr schick.

Aber wenn ich ehrlich war, so gefiel mir meine kleine altmodische Holzküche mit dem Buffet und der Eckbank und den bunten Kissen darauf viel besser. Es war sauber hier, sehr sauber.

Ich fragte mich, ob es jemanden gab, der diese Pracht in Ordnung hielt. Oder ob die Hexe höchst selbst Hand anlegte.

Das Frühstück heute Morgen war lecker gewesen. Mark konnte kochen, zumindest war er in der Lage, Rührei und Speck zu braten.

Er hatte mich liebevoll mit einer Tasse Kaffee, die er mir

unter die Nase hielt geweckt. Wir hatten es uns an der Arbeitsplatte gemütlich gemacht und aßen friedlich nebeneinander.

Mark. Mein Herz flatterte unruhig in meiner Brust. Und mein Magen verknotete sich, wenn ich nur an ihn dachte. Noch hatte ich mich nicht entschieden.

Was sollte ich bloß tun. Bei ihm bleiben und diesen Luxus um mich herum genießen oder aus seinem Leben verschwinden. Was würde er von mir denken, wenn ich ihm das Sorgerecht für den Murkel überließ. Wollte ich das? War ich ihm wichtig oder nur das Kind? Würde er sich von der Hexe Desiree trennen.

Ich atmete tief durch und setzte meine Hausbesichtigung fort.

An Marks Schlafzimmer schloss sich ein Bad an. Auch hier war alles aus schwarzem Stein und die Armaturen strahlten in mattgebürstetem Edelstahl.

Ich ging den kurzen Flur entlang und betrat ein buchstäblich weißes Zimmer. Weiße Wände, weiße Möbel, weiße Gardinen, einzig die Patchwork Decke auf dem Bett bildete einen farbigen Kontrast zum sterilen Weiß. Ich hatte das Gästezimmer gefunden.

Eine Tür führte zu einem kleinen Bad, und es hatte einen abgeteilten Bereich der ums Haus herumführenden Terrasse.

Auch hier standen Balkonmöbel und eine Liege mit Sonnenschirm.

Perfekt.

Ich beschloss, für heute die Schule zu schwänzen, am Nachmittag, aber wollte ich meinen neuen Job ausgeruht antreten.

Ich holte mir eine Cola und lies mich auf die Liege fallen. Nur wenige Minuten wollte ich mich sonnen und dabei darüber nachdenken wie ich mit dieser Situation umgehen sollte.

***

"Sacha! Sacha" Von fern hörte ich meinen Namen.
Erschrocken riss ich die Lider auf. Ein paar strahlende blaue Augen schauten mich an. Mark hockte vor mir, seine Hand lag auf meiner Schulter, er hatte mich sanft wach gerüttelt.

"Na du Langschläfer." Er lächelte mich an. Ich sprang auf.

Kaum stand ich, wurde mir schwindlig. Ich stand da und hatte das Gefühl, Boot zu fahren.

Mark hielt mich fest. Er zog mich an sich. Mein Gesicht lag an seiner Brust. Ich sog seinen für ihn typischen herben Duft ein.

Jetzt nach einem Arbeitstag roch er für mich immer noch verführerisch.

Ich schloss die Augen und schnupperte.

"Geht's wieder?" Mark schob mich ein Stück von sich weg und sah mich fürsorglich an. Wie betäubt nickte ich.

"Charlie hat mich besorgt angerufen. Du warst heute nicht in der Schule." Schelmisch drohte er mir mit dem Finger.

Schuldbewusst nickte ich und gestand: "Ich brauchte eine kleine Auszeit."

Auf einmal ging mir ein Licht auf. Plötzlich wusste ich, was ich tun sollte. Ich schmiegte mich in seine Umarmung, flüsterte:

"Wenn du noch willst, werde ich hier bei dir wohnen und am Nachmittag mit in der Firma arbeiten."

Gespannt wartete ich auf seine Antwort.

Mark hielt mich noch immer in seinen Armen. Als er nicht reagierte, versuchte ich mich, von ihm zu lösen. Er senkte seinen Kopf, seine Lippen legten sich auf meine. Seine Hand lag auf meinem Hinterkopf und hielt mich fest. Er küsste mich sanft und zärtlich. Ich war überrascht, damit hatte ich nicht gerechnet.

Trotzdem klammerte ich mich an ihm fest und hoffte, dass dieser Augenblick nicht so schnell enden würde.

Mark hob mich auf und legte mich auf die Liege zurück. Dann quetschte er sich neben mich und hielt mich zärtlich mit seinen Armen, umfangen.

So dösten wir eine Weile nebeneinander und genossen die

Ruhe und die Sonnenstrahlen.

Als die Sonne hinter den Dächern verschwand, erhob er sich, reichte mir die Hand und zog mich hoch.

"Wir müssen zu deiner Wohnung fahren, du musst packen.

38 MARK

"Hansen würden Sie bitte in mein Büro kommen."
Ich legte den
Hörer auf. Kurz darauf steckte Sacha ihren Kopf durch
die Tür.
Sie lächelte: "Wie wäre es mit Kaffee?"
Ich nickte. Sie kam herein und stellte das Tablett mit
Geschirr und Gebäck auf den Tisch in der Sitzecke ab.
"Danke, dir." Ich bemühte mich um einen
professionellen Umgang mit ihr.
Es klopfte. Sacha ging hinaus und ließ gleichzeitig
Hansen eintreten.
Zaghaft trat unser Prokurist ein. Ich bedeutete ihm,
Platz zu nehmen. Er setzte sich auf die Sesselkante,
bereit jeder Zeit aufzuspringen und zu flüchten.
Ich machte es mir im Sessel bequem.
"Kaffee?" Hansen nickte: "Gerne."
Ich reichte ihm die Tasse und erwähnte nebenbei: "Tun
Sie sich keinen Zwang an." Hansen griff herzhaft zu.
Genüsslich schlürfte er seinen Kaffee. Zufrieden
beobachtete ich ihn.
Hansen entspannte sich. Er lockerte seine Krawatte, um
es sich bequemer zu machen. Jetzt hielt ich den
Zeitpunkt für gekommen, um zum Schlag auszuholen.
"Herr Hansen, ich habe Sie hergebeten um mit ihnen
über ihren Rücktritt zu sprechen."

Hansen erbleichte, der Kaffee schwappte aus seiner Tasse.

Er holte tief Luft, atmete zischend aus und fing sich wieder.

"Ich hatte nicht vor, aus der Firma auszuscheiden", begehrte er auf.

"Was meint Frau Reddlich dazu?"

Ich überging seine Frage und legte ihm stattdessen ein von mir vorbereitetes Rücktrittsgesuch vor.

Es kostete mich eine Menge Selbstbeherrschung, ihm nicht
gleich hier und jetzt den Hals umzudrehen, sondern freundlich zu bleiben.

"Herr Hansen, sie werden zurücktreten", betonte ich.

Hansen war aufgesprungen, hatte die Hände zu Fäusten geballt und hielt dagegen: " Nein, wie kommen Sie dazu, das von mir zu verlangen?"

Ganz ruhig, so als hätte es Hansens Widerspruch nicht gegeben, wiederholte ich meine Worte, und setzte hinzu: "Sonst sehe ich mich gezwungen die Ermittlungsbehörden einzuschalten."

Ich holte aus meinem Schreibtisch einen Aktenordner, und legte ihn Hansen vor.

"Können Sie mir erklären wie es zu diesen Abbuchungen vom Firmenkonto gekommen ist?"

Ich tippte auf eine Auflistung versäumter Zahlungen: "Oder, wieso sind diese Zahlungen, verspätet überwiesen worden, sodass wir immense Summen an Versäumniszinsen zahlen mussten."

Ich fuhr mit meiner Aufzählung fort.

"Warum konnten unsere Schiffe die Häfen erst verspätet verlassen und nicht pünktlich die Fracht löschen. Sie waren dafür verantwortlich, dass diese Zahlungen fristgerecht erledigt wurden.

Das ist im hohen Maße geschäftsschädigend und fast kriminell."

Hansen fielen fast die Augen aus dem Kopf. Er hatte von blass zu knallrot gewechselt. Insgeheim befürchtete ich, dass er einen

Herzinfarkt erleiden könnte. Doch ich war noch nicht fertig mit ihm.

"Seien sie froh, dass ich angesichts der Jahre die Sie unserem Unternehmen, ohne Fehl und Tadel gedient haben, nur ihren sofortigen Rücktritt verlange."

Ich legte einen Stift zum Gesuch und wartete auf seine Unterschrift.

Bleich im Gesicht, mit zittriger Hand unterschrieb Hansen

seinen Rücktritt. Ehe ich zum finalen Schlag ausholte, nahm ich das Blatt an mich.

"Hansen! Ich werde Sie jetzt in ihr Büro begleiten, dort nehmen Sie unter meiner Aufsicht ihre persönlichen Sachen, dann werde ich Sie aus dem Haus begleiten und sie werden es nie mehr betreten."

Wir gingen zu Hansens Büro.

Dort packte er seine paar Habseligkeiten in einen Kasten. Ich war mir im Klaren darüber wie viel, Erniedrigung Hansen empfinden musste. Um die

Peinlichkeit nicht zu vergrößern wandte ich mich zum Fenster. In der Scheibe konnte ich ihn beobachten.

Wir sprachen kein Wort mehr miteinander. Es gab auch nichts mehr zu sagen.

Als er gepackt hatte, verschloss ich das Büro und begleitete ihm zum Ausgang.

***

"Was hast du getan?"

Desiree stürmte zu mir ins Büro. Ich schloss den Deckel meines Laptops.

Sie stand vor mir, die Hände in die Hüften gestemmt, und funkelte mich an.

"Hallo Liebste, es ist schön, dich zu sehen. Womit kann ich dir helfen?"

Ich schmunzelte, sie benahm sich wie eine unreife Tussi.

Wütend schnappte sie nach Luft. Sie stützte sich auf den Schreibtisch und beugte sich zum mir hinüber.

"Tu nicht so scheinheilig. Ich weiß Bescheid, du hast Hansen gefeuert."

Ich schlug die Beine übereinander, schnippte mit den Fingern einen, imaginären Fussel von meiner Hose, hob den Blick und schaute in ihr zorniges Gesicht.

"Das ist richtig.", bestätigte ich.

"Hansen gehörte zu unserer Firma und es obliegt, mir mit den ehemaligen Mitarbeitern der de Fries Firma umzugehen. Ich habe Unregelmäßigkeiten festgestellt und er hat es vorgezogen, seine Kündigung einzureichen.

Das ist alles."

Ich erhob mich, trat auf sie zu, umarmte sie. Sie schmiegte sich an mich. Ich flüsterte ihr ins Ohr: "Kann ich noch etwas für dich tun?"

Sie kicherte und schlug mich spielerisch auf den Arm, während sie sich aus meiner Umarmung wandte.

"Bis heute Abend bei mir!" Sie lächelte mich wölfisch an, drehte sich um und verließ hüftschwingend mein Büro.

Einen Augenblick sah ich ihr durch die geschlossene Tür nach.

Dann nahm ich mein Smartphone, und rief meinen Bruder an. Ich hatte einen Auftrag für ihn.

39 SACHA

Packen, ich musste mich endlich aufraffen und die wichtigsten Sachen in meinen Koffer räumen. Mark hatte gesagt, ich solle alles mitbringen, was mir wichtig wäre. Also steckte ich Klamotten,
die meisten würden mir in ein paar Wochen sowieso nicht
mehr passen, ein.
Meine Schulsachen und ein paar Bücher wanderten in meine Tasche für die Schule. Ein Blatt segelte zu Boden. Ich hob es auf. Es war der Abschiedsbrief meines Vaters an mich. Stahlklammern legten sich um meine Brust. Ich fasste mir an die Kehle, das Gefühl gleich ersticken zu müssen, erfasste mich.
Ich zwang mich, die Zeilen noch einmal zu lesen.
Der Passus über meine Mutter machte mich nachdenklich. Ich las die spärlichen Infos immer wieder, bis ich sie auswendig kannte.
War ich wie meine Mutter? Was hatte sie dazu bewogen, meinen Vater und mich zu verlassen? War es nur das Geld oder spielten da noch andere Gefühle eine Rolle?
Ich nahm mir vor, meine Mutter aufzusuchen, ich wollte Antworten.
Ich wollte sie schnell.
Entschlossen legte ich den Brief in die Mappe mit den wichtigsten Papieren und steckte sie ein.

Prüfend sah ich mich um, dann verließ ich meine erste eigene Wohnung.

Als ich im Taxi saß, klingelte mein Handy. Mark war dran. Er erkundigte sich, ob bei mir alles okay wäre und teilte mir mit, dass er am Abend nicht nach Hause kommen würde. Ich sollte mir keine Gedanken machen. Er verabschiedete sich von mir.

Ich hatte das Telefon in meine Tasche zurückgesteckt, als es nochmals klingelte.

"Was? Hast du was vergessen?"

"Vergessen habe ich nichts", erwiderte Charlie.

"Entschuldige, ich dachte, du seist Mark. Ich habe nicht auf den Screen geschaut."

Charlie lachte.

Ich hatte ein schlechtes Gewissen, weil ich sie so angeblafft hatte.

Sie war meine beste Freundin und nur besorgt um mich. Also entschuldigte ich mich bei ihr für mein schlechtes Benehmen.

Sie lachte nur, und meinte, sie würde das verstehen und richtig einordnen.

Dann fragte sie, ob ich Lust hätte, sie am Abend zu begleiten.

Sie wollte mir jemanden vorstellen. Ich dachte einen Moment nach und sagte dann zu.

Wieso nicht! Mark wäre sowieso nicht zu Hause, und ich war sein Gast nicht seine Gefangene.

***

Wir waren im Goldenen Ochsen verabredet. Einer urigen Studentenkneipe.

Wie immer war es hier rappelvoll. Der Ochse war schon von jeher eine Kneipe gewesen. Erst tranken hier die Männer ihr Feierabendbier, jetzt war er der Treffpunkt der Studenten und jungen Leute in unserem Viertel.

Mein Smartphone rappelte, ich holte es aus der Tasche. Charlie hatte eine Nachricht geschickt.

>Wo bist du?<

Ich schrieb zurück: "hier im Ochsen, am Eingang."

Als ich den Kopf hob und mich umschaute, sah ich sie. Wild winkte sie in meine Richtung. Ich wühlte mich durch die Menge hindurch.

Umringt von einer Traube junger sportlich aussehender Leute hielt Charlie Hof.

Sie umarmte mich stürmisch und zerrte einen großen jungen Mann am Ärmel.

"Das ist Max."

Besagter Max zwinkerte mir zu und reichte mir seine Hand.

Er sah mich an: "Schön dich kennenzulernen. Ich bin Max, aber das weißt du ja schon."

Ein Lächeln umspielte seine Lippen.

"Du bist also die geheimnisvolle Freundin, von der Charlie
ständig erzählt." Er legte seinen Arm um Charlies Schulter und zog sie an sich.

"Ich glaube kaum, dass ich sonderlich geheimnisvoll bin. Ich habe da so meine Zweifel.", gab ich kontra.

Er lachte.

Charlie schickte Max um uns etwas zu trinken zu besorgen. Sie verlangte: "Zwei Bier und für Sacha ein großes Wasser."

Sie hob den Finger und bestimmte: "Still."

Max wackelte mit den Augenbrauen und grinste mich wissend an, dann trollte er sich. Charlie packte mich am Arm und zog mich in eine Nische, wir setzten uns auf die noch warmen Polster.

Sie umarmte mich noch einmal.

"Schön, dass du hier bist. Sie beugte sich zu mir: "Und wie findest du ihn?"

"Nett!"

Sie echote: "Nett, nur nett."

Ich zuckte mit den Schultern. Ungläubig starrte sie mich an.

"Ja nett." Bestätigte ich und setzte hinzu: "Charlie ich kenne ihn doch nicht. Und ich finde, nett ist doch schon ganz schön viel Meinung."

"Er ist mein Traummann.", schwärmte sie. "Du müsstest ihn im Studio erleben".

Ich staunte nicht schlecht, meine so pragmatische Freundin, himmelte ihn an. Ich begann zu begreifen. Charlie war eindeutig verliebt.

"Wer ist ein Traummann?"

Max hatte das letzte Wort mitbekommen.

Er stellte die Getränke auf den Tisch und zwängte sich neben Charlie. Die hatte inzwischen die Farbe einer Tomate angenommen

Und stotterte verlegen: "Nnniemmaaand."

"Max legte seinen Arm um sie, hauchte einen Kuss auf ihre glühende Wange und sagte: "Ich weiß. Ich bin ein Niemand."

"Ach duu", spielerisch boxte Sie ihn an die Brust.

Ich trank von meinem Wasser und grinste die beiden vor mir über mein Glas hinweg an.

An Charlie gewandt, sagte ich: "Ich habe mich entschlossen, ich wohne ab jetzt bei Mark."

Zweifel lag in Charlies Stimme, als sie mich fragte: "Bist du dir sicher?"

Ich nickte. "Du musst es ja wissen, ich hoffe, du bereust deine Entscheidung nicht."

Charlie trank ihr Bier und lächelte mich an.

Sie erschien mir als der glücklichste Mensch auf Erden.

Ich atmete tief durch und freute mich für die sie.

40MARK

Ich hatte mal wieder eine Nacht bei Desiree verbracht.
Es fiel mir zunehmend schwerer, bei ihr zu
übernachten.
Jetzt saß ich in meinem Büro und wartete auf Christians
Anruf.
Ich hatte ihn nach London geschickt, er sollte
Nachforschungen anstellen und Desiree beobachten.
Vor einigen Tagen war sie morgens zu mir ins Büro
marschiert und hatte mir mitgeteilt, dass sie vorhabe für
ein paar Tage nach London zu reisen. Sie warf ihre
Mähne nach hinten und setzte hinzu:
"Ich finde, ich sollte öfter mal hier raus kommen. Sonst
kriege ich noch einen Kleinstadtkoller."
"Von mir aus.", brummte ich reichlich desinteressiert.
Natürlich gab sich Desiree nicht mit meiner Antwort
zufrieden.
Sie begeisterte sich weiter: "London ist eine zauberhafte
Stadt.
Ich habe mir vorgenommen, an einem Wochenende im
Monat hin zu fliegen, um auf der New Bond Street
einzukaufen und Promis zu gucken."
Schmeichelnd setzte sie hinzu: "Komm doch mit."
"Vielleicht. London. Mal sehen. Ich begleite dich
 bestimmt das eine -oder andere Mal." Gab ich mich
geschlagen.

"Ich kann versuchen, Karten für das Shakespeare Globe zu besorgen."

"Shakespeare!" Sie zog einen Flunsch: "Das ist so altmodisch.

Lass uns besser in eines der Musicals gehen. Wenn es denn

Theater sein muss."

Beschwichtigend strich ich ihr eine Strähne aus dem Gesicht.

"Habe ein schönes Wochenende."

Das war, bevor ich hinter die Machenschaften von Hansen gekommen war. Mit diesem Wissen erschienen mir ihre Reisen in einem anderen Licht. Da ein Wochenende bevorstand, dachte ich mir, dass Desi einen Ausflug auf die Insel plante und habe Christian vorausgeschickt. Ich glaubte nicht, dass er mit Ergebnissen aufwarten würde und wartete einfach ab.

Desiree war weg, und ich dachte an Sacha.

War sie jetzt in der Schule oder was tat sie in diesem Augenblick. Ich könnte sie anrufen.

Diesen Gedanken verbat ich mir sofort. Sie sollte sich nicht kontrolliert vorkommen.

Vielleicht hatte sie Lust, mit mir am Wochenende gemeinsam etwas zu unternehmen.

Ich rief sie also doch an. Warm durchrieselte es mich, als ich ihre Stimme hörte. Sie sprach leise und im Hintergrund hörte ich viele Stimmen und Gekreisch.

Ich fragte sie: "Wo bist du?"

Sie antwortete: "Auf dem Schulhof. Ich gehe noch zur Schule.

Schon vergessen?", belehrte sie mich.

"Nein, natürlich nicht."

"Ist auch besser so.", kicherte sie.

Ich schwieg. Wollte schon wiederauflegen. Als ein Neugieriges: "Was'n los?", erklang.

Entschlossen holte ich Luft und sprach weiter: "Ich wollte dich fragen, ob du mit mir das Wochenende verbringen willst?"

Sie druckste herum, ehe sie erklärte: "Das würde ich schon gerne.

Aber ich habe mir am Montag freigeben lassen. Ich will morgen früh nach München fahren. Der Termin dort ist für mich sehr wichtig."

Nach einer kleinen Pause setzte sie hinzu: "Sonst gerne."

Ich spürte Enttäuschung in mir auf steigen. Hatte ich mir doch vorgestellt, mit ihr zum Gästehaus zu fahren und dort am Strand spazieren zu gehen.

Ich hörte sie fragen: "Mark. Bist du noch dran?"

"Ja, ja, natürlich."

Sie rechtfertigte sich: "Ich muss unbedingt dahin fahren." Leise setzte sie hinzu: "Es geht um meine Mutter. Okay?"

Ich muss Schluss machen. Die Pause ist vorbei.

"Tschüss."

Sie hatte aufgelegt.

Ich war enttäuscht, aber auch beruhigt, dass sie nicht mit irgendjemand anderem ihre Zeit verbrachte.
Sie hatte gesagt, der Termin wäre erst am Montag. Ob sie damit einverstanden wäre, wenn ich sie begleitete. Wir würden mit dem Autofahren, brauchten erst am Sonntag los und könnten vorher noch im Gestüt und anschließend im Gästehaus Zeit miteinander verbringen. Ob sie meinen Vorschlag guthieße. Ich würde es am Abend erfahren.
***

Die ganze Wohnung duftete. Es roch nach Südsee. Süß, kräftig, warm wie Schokolade und auch wieder nicht. Ich kannte diesen Geruch. Aber mir wollte absolut nicht einfallen- Woher. Während ich meine Nase strapazierte, ging ich dem Duft nach.
Sacha stand in der Küche und war beschäftigt.
Fasziniert schaute ich ihr zu. Sie rührte in einer Schüssel. Auf der Arbeitsplatte hatte sie drei große Schüsseln stehen. Sie blickte hoch, lächelte mich an und machte mit ihrer Arbeit weiter. Ich blieb da, wo ich war und schaute ihr zu.
 Die ganze Küche war erfüllt von den verschiedensten Aromen, die sie benutzte. Ich wunderte mich, ich hatte nie bemerkt, dass in meiner Küche so viele unterschiedliche
Gewürze lagerten. Ich benutzte Pfeffer und Salz, und das
war alles. Mehr hatte ich noch nie gebraucht.

Ihre Stimme klang brüchig. Sie fühlte sich scheinbar ertappt.

"Ich kann nicht besonders gut kochen, aber dafür kann ich backen.

Ich dachte mir, du besorgst das Essen und ich mache das

Dessert."

Sie reichte mir den Kochlöffel: "Willst du kosten?"

Ich schwang mich neben die Schüsseln auf die Arbeitsplatte und nahm ihr den Löffel ab.

"Hm, lecker." Ich schloss die Augen. Schokolade.

Genussvoll leckte ich den Kochlöffel ab.

»Verrätst du mir, welches geheimnisvolle Gewürz du benutzt hast?"

Sie lächelte und hielt mir eine kleine Flasche hin. Ich las "Vanille Extrakt".

"Entschuldige, ich habe ein wenig davon verschüttet. Jetzt

riecht die ganze Küche süß."

Sie füllte den Teig in eine Form und stellte sie in den Backofen.

"Der Kuchen heißt "Tod durch Schokolade." Ich musste schallend lachen.

- 179 -

"Das ist ja mal eine besonders leckere Art und Weise jemanden um die Ecke zu bringen."

Sie strich sich eine vorwitzige Haarsträhne aus dem Gesicht und strahlte mich an.

"So habe ich, das noch nie gesehen." Sie tunkte den Finger in die Schokocreme und leckte ihn behaglich brummend ab.

"Yummy. Jetzt sind wir quitt." Schelmisch grinsend begann sie das benutzte Geschirr in die Spülmaschine zu räumen. Das war mein Stichwort. "Ich sollte mich ums Essen kümmern."

Im Schubkasten suchte ich nach Flyern der verschiedensten Lieferdienste. "Pizza!"

Ich hielt einen der bunten Zettel hoch. Sie nickte.

"Prima, ich mag Pizza, mit gaaanz viel Käse drauf." Ich bestellte für uns das Essen. Sacha setzte sich an den Tisch.

Ich sah sie an. Sie saß da und sah wunderschön aus. Sie hatte sich eine Schürze umgebunden. So ein altmodisches Ding mit Rüschen an den Bändern. Ich hatte so etwas bisher nur auf alten, sehr alten Bildern gesehen. Sie sah hinreißend aus. Meine Gedanken schweiften ab. Was, wenn sie nur die Schürze trüge? Mir wurde siedend heiß. Sofort rief ich mich zur Ordnung.

Ich räusperte mich. "Während wir warten, können wir etwas besprechen. "Ich möchte dich morgen zu einem kleinen Ausflug mitnehmen." Sie hob die Stimme: "Mark, ich…."

Ich winkte ab. "Dein Termin. Ich weiß, habe ich nicht vergessen."

Dann setzte ich hinzu:

"Was hältst du davon, wenn ich dich am Sonntag begleite. Wir fahren mit dem Auto. Das wäre auch viel weniger stressig für dich und das…"

Ich nickte in Richtung ihres Bauches. "Das Baby!"

"Mark, ich…" Sie runzelte die Stirn: "Ich will dir nicht zur

Last fallen."

"Quatsch, tust du nicht. Betrachte es als das, was es ist. Ein Angebot."

Ich hob die Schultern, machte eine ausholende Geste und fuhr fort: "Ich will dir helfen und ich denke, wir sollten uns besser kennenlernen."

Sie dachte einen Moment nach, dann kam ein schlichtes: "Na gut."

41 SACHA

Der Tag gestern war cool. Vor Sonnenaufgang weckte er mich. Mark zog mir die Decke weg:
"Aufstehen! Du Langschläferin."
Ich lag zusammengerollt in meinem Bett. Zum Schlafen trug ich meinen Onesie, mit Kuhmuster. Mark griente mich von oben herab an. Ich warf mein Kissen nach ihm und drohte: "Wehe, du lachst." Er hob die Hände und gluckste: "Würde ich nie tun."
Er sah sich um, auf dem Tisch stand mein Laptop. Gestern Abend hatte ich noch nach Studiengängen im Schifffahrtsbereich gesucht. Schließlich wollte ich irgendwann einmal mein eigenes Geld verdienen. Der Rechner stand auf Standby.
Ich war froh darüber, dass Mark nicht sehen konnte, was ich gesucht hatte. Über ungelegte Eier sprach ich nicht so gerne. War ich mir doch selbst noch nicht sicher, was ich in Zukunft machen würde.
Mark verschwand in die Küche, auf dem Weg dorthin rief er mir zu: "Beeile dich, Frühstück ist fertig.
In kürzester Zeit schaffte ich es, mich zu duschen und anzuziehen.
Wir fuhren zum Stall. Mark erklärte mir, dass das kleine Gestüt seinem Vater gehörte. Er lächelte, als er sagte:
"Das nicht ganz kostengünstige Hobby meines Vaters."
Als wir ankamen, waren die Pferde noch in ihren Boxen und die Pfleger dabei die Tiere auf die Koppeln zu

verteilen. Mark führte mich im Stall zu einer Box. Die
Türen der Boxen waren zweigeteilt. Die Obere stand
offen, ein dunkles Pferd streckte seinen Kopf heraus.
Mark trat an das Tier heran, klopfte seinen Hals und
streichelte seine Schnauze.
Lächelnd wandte er sich mir zu und fragte:
 "Willst du ihn streicheln?
Hector ist ein Lieber."
Ich zögerte: "Ich weiß nicht. Ich habe keine Ahnung
von Pferden. Sie gefallen mir, es sind schöne Tiere, aber
sie sind so groß."
Mark lachte. Er nahm meine Hand.
"Du musst sie ganz flach machen. Hier!"
Er legte einen Apfel auf meine Handfläche und führte
sie an das Pferdemaul. Meine Hand zitterte ein wenig.
Mark hielt mich am Handgelenk fest. Hector nahm den
Apfel von meinem
Handteller. Seine Schnauze fühlte sich weich und sanft
an.
Neugierig beschnupperte mich das Pferd. Es legte
seinen großen Kopf auf meine Schulter und schnaubte
in meine Haare.
Ich war froh über die Tür zwischen uns. Noch nie war
ich einem so riesigen Tier nahe gewesen.
"Er mag dich.", sagte Mark und streichelte dem Pferd
über Rücken und Flanken
Wir fütterten Hector noch ein paar Äpfel, dann wurde
er zu den anderen Pferden hinaus getrieben. Mark legte
den Finger

auf seine Lippen, nahm mich an die Hand und sagte:
"Wenn du nicht gleich in Begeisterungsstürme
ausbrichst, zeige ich dir etwas."
Er führte mich den Gang entlang. Am Ende war eine
Box mit komplett geschlossener Tür. Er öffnete sie und
trat ein. Ich blieb im Türrahmen stehen. Mir war das
Pferd so nahe bei mir nicht geheuer.
"Hallo meine Schöne." Er sprach sanft und leise. Ich
linste interessiert um die Ecke. Mark kniete im Stroh
und streichelte ein
winziges falbfarbenes Fohlen. Neben dem Baby stand
seine fuchsfarbene Mutter und beäugte Mark
misstrauisch. Er erhob sich, holte aus dem Eimer, Äpfel
und Möhren. Er fütterte die Stute, ich sank ins Stroh
und konnte mit dem niedlichen Pferdchen schmusen.
Es ließ sich von mir streicheln, vielmehr noch
es drängte sich an mich. Ich musste lachen, als es mir
einen
Stups gab und ich ins Stroh fiel. Mark half mir
aufzustehen.
"Sie ist letzte Nacht geboren worden, unsere kleine
Luzie. Deshalb bleibt sie heute mit ihrer Mutter noch
drinnen." Ich konnte nicht anders, ich kniete mich noch
einmal ins Stroh und umarmte das Fohlen. Dann erhob
ich mich, nahm meinen ganzen Mut zusammen, tat an
die Stute heran und beklopfte leicht ihren Hals. So, wie
ich es bei Mark gesehen hatte. Sie drehte mir ihren
Kopf zu und sah mich mit ihren riesigen Augen an. Ich
traute mich und streichelte ihren Kopf von der

Schnauze aufwärts bis zu den Ohren. Mark lehnte an der Boxen Tür und sah mir lächelnd zu.

"Komm, ich habe noch eine Überraschung für dich."

Ich hatte keine rechte Lust mich von dem Fohlen und seiner Mutter zu trennen. Andererseits war ich begierig darauf zu erfahren, was das für eine Überraschung war, die er für mich hatte.

Also trennte ich mich schweren Herzens von den beiden und folgte Mark hinaus zu seinem Auto. Er öffnete den Kofferraum und holte einen riesigen Picknickkorb heraus.

Hand in Hand liefen wir in Richtung Strand. Wir gingen eine Weile nebeneinander her. Jeder hing seinen eigenen Gedanken nach. Ich lächelte still vor mich hin, als ich daran dachte, wie das Fohlen hingebungsvoll an meinem Daumen gelutscht hatte, bevor es am Euter seiner Mutter trank. Freude und Wärme durchströmten mich, bei dem Gedanken, dass ich bald mein eigenes Kind stillen würde.

>Ob Mark dasselbe empfand wie ich?<

Ich hatte keine Ahnung. Ich stellte mir die Frage, was ich für ihn war.

Eine lästige Aufgabe, eine Verantwortung, der er sich nicht zu entziehen vermochte oder hatte er mich und unser Baby ein wenig gern. Dass er sich in mich verliebt haben könnte, wagte ich in meinen kühnsten Träumen, nicht

zu glauben.

"Einen Euro für deine Gedanken!"

"Was? Wie?" Aus meinen Gedanken gerissen, blieb ich stehen und starrte Mark an.

Er lächelte. "Ich würde zu gerne erfahren, was dir durch den Kopf ging?"

Ich spürte, wie ich rot wurde und wiegelte ab.

"Nichts, gar nichts."

Mark hob mit dem Finger mein Gesicht an, so dass ich in seine strahlend blauen Augen sehen konnte, und sagte verschmitzt, "So sah das, aber nicht aus. Verrätst du mir, woran du gedacht hast?"

Ich fühlte mich ertappt und schüttelte den Kopf.

"Schade. Es war offensichtlich ein netter Gedanke, so wie du gelächelt hast. Ich hätte es zu gern gewusst."

***

Wir hatten unseren Picknickplatz am Strand erreicht. Mark holte aus dem Korb eine Decke.

Gemeinsam verteilten wir Geschirr und die eingepackten Köstlichkeiten.

Es gab knusprige Brötchen, Eier, Obstsalat, Butter, verschiedene Wurst- und Käsesorten, Konfitüre und der Klassiker, saure Gurken. Ich liebte dieses saure Gemüse.

Einträchtig saßen wir zusammen, aßen und sahen dem Spiel der Wellen zu. Nach dem Essen legte sich Mark auf den Rücken, die Arme unter den Kopf gelegt, und betrachtete die Wolken am Himmel.

"Was bin ich für dich?"

Er hatte sich auf die Seite gedreht und sah mich direkt an.

Ich musste schlucken. Was sollte ich sagen? Schließlich hatte ich den gleichen Gedanken gehabt. Ich versuchte es mit Diplomatie und stellte die Gegenfrage.

"Das könnte ich dich auch fragen."

Mark erhob sich, setzte sich hinter mich. Ich lehnte mit meinem Rücken an seiner Brust. Er zog mich eng an sich, seine Hand lag auf meinem Bauch. Ich kuschelte mich an ihn. Sein Mund lag an meinem Ohr. Er flüsterte: "Ich will dich nicht drängen, aber wirst du mir antworten?"

Er nahm mich in seine Arme und drehte sich mit mir herum.

Ich lag unter ihm und sah ihn an. Seine Arme stützte er neben meinem Kopf auf. Langsam senkte er seinen Kopf, ich spürte seine Lippen auf meinem Mund. Seine Zunge strich zärtlich über meine Lippen. Die sich bereitwillig öffneten und seiner Zunge Einlass gewährten. Das Spiel seiner Zunge in meinem Mund gefiel mir. Ich spürte ein ziehen in meinem Unterbauch. Ich drängte mich ihm entgegen, ich wollte mehr. Mark lachte leise in meinen Mund. Er löste sich von mir und strahlte mich an.

"Genau das wollte ich wissen." Erleichterung spiegelte sich in seinen Zügen wider.

"Hier können wir nicht bleiben.", entschied er. Wir erhoben uns, packten zusammen und verließen Hand in Hand den Strand.

Während wir zurück zum Auto gingen, plagte mich mein Gewissen.

Ich fragte mich, was tat ich eigentlich hier.

Mark war verlobt, mit Desiree. Ich konnte sie zwar nicht leiden, aber ...?

Andererseits würde sie Rücksicht nehmen, wäre sie an meiner Stelle? Ich war hin-und hergerissen. Mark küsste großartig. Es gefiel mir, wie er es tat. Wie sollte ich ihm widerstehen? Ich gestand mir ein. Ich hatte mich verliebt. Unwiderruflich verliebt, und ich konnte nur hoffen, dass es Mark genauso erging wie mir.

42 MARK

Es war ein Desaster. Sacha saß neben mir im Auto und weinte.

Sie tat mir unendlich leid.

Das Zusammentreffen mit ihrer Mutter hatte sie sich anders vorgestellt. Gestern Morgen waren wir nach unserer ersten gemeinsam verbrachten Nacht nach München aufgebrochen.

Die Fahrt dauerte zehn Stunden und Sacha war als wir unser Hotel erreichten, trotz reichlicher Pausen, erschöpft. Ich hatte uns eine Junior Suite gebucht.

Unser Hotel war ein Denkmal geschütztes Haus in der City von München. Beim Betreten des Hauses verrenkte Sacha sich förmlich den Hals, um die Lobby zu betrachten. Sanft zog ich sie an mich, um ihr die nötige Sicherheit zu vermitteln. Ich trat an die Rezeption, um uns anzumelden

und die Schlüsselkarte in Empfang zu nehmen.

Wir betraten unsere Zimmer. Ich schaute mich kurz um. Eine gemütliche Sitzecke, Flachbildschirm, Schreibtisch mit Computerarbeitsplatz, ein kleiner Eingangsbereich.

Das Bad, fast ein privates Spa, mit Regenwalddusche und Whirlpool. Sie würde es lieben, dessen war ich mir sicher. Und mir viel Diverses ein, wozu

der Whirlpool und die Regenwalddusche gut zu gebrauchen waren.

"Mark! Du musst dir diese Aussicht ansehen." Sacha rief aus dem oberen Stockwerk. Ich folgte ihr nach oben. Hier war der Schlafraum mit Panoramafenster. Morgens wenn man erwachte, konnte man direkt vom King-Size-Bed aus den Sonnenaufgang über den Alpen beobachten. Ich legte meine Hände auf ihre Schultern und folgte ihrem Blick hinaus auf die sich vor uns ausbreitende Voralpenlandschaft. Sie hob ihr Gesicht und strahlte

mich an. Sie freute sich. Ich schlang meine Arme um sie und zog sie zärtlich an mich. Ich war mir seit der vergangenen Nacht sicher, dass ich auf dem besten Weg war, mich in sie zu verlieben.

Ich fühlte mich in ihrer Nähe entspannt. Ganz anders als mit Desiree, bei der ich ständig in Habacht-Stellung war. Außerdem verfolgte ich mit dieser Verlobung ein besonderes Ziel.

Ich hoffte nur, dass ich das alles irgendwann geregelt bekam.

Es klingelte, der Zimmerservice brachte uns ein verspätetes Abendessen.

Die Serviererin deckte für uns in der Essecke den Tisch. Als sie uns verlassen hatte, nahmen wir Platz um zu Abend zu essen.

Bisher hatte ich es vorgezogen, Sacha nicht nach dem ernsten Grund ihrer Reise hierher zu fragen. Ich hoffte, sie würde das Vertrauen aufbringen und mich einweihen. Sie senkte den Kopf und begann leise zu erzählen:

"Ich habe bei den Unterlagen meines Vaters einen Brief von ihm an mich gefunden. Darin hat er mir von meiner Mutter geschrieben und das er mich so quasi gekauft hat." Sie seufzte tief auf. Als sie ihr Gesicht hob, sah ich ihre Augen in Tränen schwimmen.

Flüsternd sagte sie:

"Ich kann dein Geld nicht nehmen, ich wäre dann genauso wie meine Mutter."

Zutiefst erschrocken sprang ich auf und nahm sie in meine Arme.

"Das habe ich nicht so gemeint. Ich wollte dir nur die Möglichkeit geben, deine Pläne trotz des Murkels da drinnen", ich legte

meine Hand auf ihren Bauch, "zu verwirklichen."

Ein Zittern schüttelte ihren Körper. Sie schluchzte auf und

presste ihr Gesicht an meine Brust. Ihre Tränen durchnässten mein Hemd. Ich war überrascht, wieviel Wasser in dieser kleinen Person war. Mir blieb nichts anderes übrig als sie tröstend in meinen Armen zu halten. Endlich versiegte der Wasserfall.

"Ich muss mir das Gesicht waschen."

Sie erhob sich und verschwand im Bad.

Ich folgte ihr. Sie stand am Handwaschbecken und spritzte sich kaltes Wasser ins Gesicht.

Ich drehte die Hähne des Whirlpools auf und ließ warmes Wasser einlaufen.

"Was hältst du von einem warmen Bad zur Entspannung? Ich hätte jetzt Lust darauf." Ich begann mich auszukleiden und stieg in die Wanne. Verblüfft beobachtete sie mich. Die Unterwasserdüsen blubberten und bildeten warme Strudel. Ich lehnte mich entspannt zurück. Ich hatte ins Wasser frisch riechende Essenzen gegeben. Ihr Duft breitete sich im Raum aus.

"Ahhh gut." Ich stöhnte. Komm zu mir." Einladend zeigte ich neben mich.

"Das Wasser ist warm und entspannend, gerade das Richtige nach einem langen Tag. Skeptisch betrachtete Sacha mich. Sie kämpfte, mit ihrem Wunsch zu mir ins Wasser zu tauchen und

ihrem Verlangen nach Privatsphäre. Das wir schon Sex mit einander gehabt hatten spielte in dieser Situation keine große Rolle.

Wir waren uns bisher stets in halbdunklen Räumen, und mit der Möglichkeit uns zu bedecken begegnet. Um es ihr zu erleichtern, sagte ich: "Sieh her, ich schließe die Augen. Ich gucke nicht hin. Versprochen!"

Jetzt kam sie sich wohl albern vor.

Sie grinste mich an und hatte sich im Handumdrehen ihrer

Kleider entledigt. Sie stieg zu mir in die Wanne und rutschte zufrieden

seufzend ins warme Wasser. Natürlich hatte ich sie mit halbgeschlossenen Lidern beobachtet. Welcher halbwegs gesunde Mann schaute nicht hin, wenn sich ihm die Gelegenheit bot, und Sacha war besonders nett anzusehen.

Sie setzte sich zwischen meine Beine mit dem Rücken zu mir.

Ich zog sie an mich, schlang meine Beine um ihre Hüften und massierte sanft ihre verspannten Schultern. Ich spürte, wie sie sich entspannte.

***

Sacha blickte auf der Beifahrerseite aus dem Fenster. Wir standen vor einem großen Eisentor. Auf dem Tor waren Überwachungskameras installiert, die sich im Kreis drehten und die gesamte Auffahrt und Teile der Straße überwachten. Dahinter führte eine Auffahrt direkt zu dem grauen Haus das auf einem parkähnlichen Gelände stand. Es war ein zum Anfang des 20.Jahrhundert gebautes Haus. Insgesamt sehr imposant anzuschauen.

Die Säulen am Eingang verstärkten diesen Eindruck noch. Die Bäume, die die Auffahrt säumten, waren garantiert noch älter. Sie schirmten mit ihren ausladenden Kronen, den Weg vor heftigem Regen und allzu heißer Sonne ab.

Das Tor war geschlossen. Zaghaft stieg Sacha aus. Ich beugte mich zu ihr: "Möchtest du, dass ich dich begleite?" Sie sah mich einen Moment nachdenklich an. Dann holte sie tief Luft: "Das muss ich allein schaffen." Ich nickte ihr zu. "Hals und Beinbruch. Du schaffst das." Nicht sehr zuversichtlich ging sie zum Eingang. Sie drückte die Klingel.

Aus der Gegensprechanlage erscholl eine Stimme.

Sacha blickte direkt in die Kamera über sich und sagte:
"Mein Name ist Sacha Martens, ich habe einen Termin
bei Professor Bauer. Das Tor schwang auf und Sacha
ging hindurch. Ich fuhr
den Wagen einige Meter an der Mauer die das Gelände
umspannte entlang, parkte und erwartete Sachas
Rückkehr.
Während ich wartete, meldete sich Christian aus
London. Was er zu berichten hatte, stimmte mich nicht
besonders fröhlich, aber überraschte mich auch nicht
sonderlich. Ich hatte mit sowas in der Art gerechnet.
Im Augenblick konnte ich mich jedoch nicht um dieses
Problem kümmern, deshalb bat ich ihn weiter in
England zu bleiben und die Dinge- und vor allem,
meine Verlobte- im Auge zu behalten.

43 SACHA

Mit wackeligen Knien betrat ich das Institut. Am
Eingang wurden meine Tasche und mein Ausweis
kontrolliert. Ich musste durch eine Sicherheitsschleuse
gehen. Ein bisschen kam ich mir wie in den
amerikanischen Filmen vor, in denen man so etwas auch
zu sehen bekam.
Ich wurde gebeten, in der Eingangshalle zu warten,
jemand
würde kommen und mich abholen. Also stand ich
herum und hatte Gelegenheit, mich umzusehen. An den
Wänden hingen reihenweise Fotografien von
ehemaligen Leitern und namhaften Wissenschaftlern.
Ich ging die Reihe entlang und war angemessen
eingeschüchtert. Das letzte Foto zeigte die jetzige
 Leiterin meine Mutter.
Ganz in meine Betrachtung versunken, zuckte ich
zusammen, als ich von hinten angesprochen wurde.
"Frau Martens, Frau Professor Bauer erwartet Sie."
Ich drehte mich um. Vor mir stand eine junge Frau. Ihre
Augen wurden kugelrund. Verblüfft verglich sie das Bild
an der Wand mit mir. Ich sah, wie sie versuchte, ihre
Fassung zurückzugewinnen. Schließlich hatte sie es
geschafft.
"Folgen Sie mir."
Geschäftig eilte sie die Gänge entlang. Sie

trug einen weißen Laborkittel und einen Stapel Blätter fest an sich gepresst. Ich hatte einige Mühe, ihr zu folgen. Es gelang mir gerade so, mit der Laborantin Schritt zu halten.

Neugierig versuchte sie auf dem Weg, mit mir Konversation zu machen.

"Entschuldigen Sie, dass ich frage: Sind Sie mit der Prof. verwandt?

Sie sehen ihr so unglaublich ähnlich."

Ich schluckte und überlegte fieberhaft, was ich antworten sollte.

Zum Glück wurde ich der Antwort enthoben.

Meine Begleiterin stoppte vor einer Tür, klopfte an. Von drinnen erscholl ein harsches Herein. Ich trat ein und fand mich in einem großen Labor wieder. In der Mitte stand sie, eine kleine zarte Frau. Die Haare hatte sie zu einem strengen Knoten gewunden.

Sie war umringt von jungen Leuten. Die meisten von ihnen waren kaum älter als ich.

Die Frau blickte auf. "Und wer sind Sie? Wieso kommen Sie zu spät?"

Sie funkelte mich streng über ihren Brillenrand hinweg an.

"Ähh." Ich räusperte mich.

"Mein Name ist Sacha Martens."

"So, ja ich erinnere mich. Du musst warten. Ich habe jetzt keine Zeit."

Sie zeigte mit dem Finger auf ein Mädchen und einen jungen Mann, wahrscheinlich Studenten, und schnauzte wie auf dem Kasernenhof, "Sie überprüfen noch einmal die Testreihe. Ich hatte ausdrücklich gesagt, Sie sollen eine Gegenprobe machen."

Die Studentin setzte an: "Aber wir haben das..." Mit einer herrischen Geste schnitt die Professorin ihr das Wort ab.

Sie sah mich an: "Folge mir." Sie ließ die Gruppe Studenten stehen.

Ich folgte ihr in den nächsten Raum. Ein kleines Büro. Vor

dem Schreibtisch stand ein Stuhl. Sie schob einige Bücher zur Seite und setzte sich mir gegenüber.

"Du bist also Arthurs Tochter!" Sie faltete ihre Hände zusammen und blickte mich an.

Sie kniff die Augen ein wenig zusammen, sie musterte mich.

Dann stützte sie sich auf dem mit Büchern überladenen Schreibtisch ab und erhob sich. Sie verschränkte die Arme vor der Brust.

"Was willst du hier?" Ihre Stimme klang kalt und abweisend.

Mich durchrieselte es eiskalt. Hatte ich mir bisher einzureden versucht, dass es eine gute Idee war hierherzukommen, so wurde ich jetzt eines Besseren belehrt. Es war überhaupt keine gute Idee. Im Gegenteil. Hatte ich bisher geglaubt, meine Mutter wäre durch Not gezwungen gewesen, sich nicht um mich zu kümmern, so erkannte ich nun an ihrer abweisenden Haltung, wie sehr ich mich geirrt hatte. Bisher

versuchte, ich mir einzureden, ich brauchte nur
aufzutauchen, und sie würde mich, ganz liebende
Mutter- in ihre Arme schließen. Meine Kleinmädchen
Fantasie zerstob in alle Himmelsrichtungen. Der Kloß
in meinem Hals wurde immer größer, ich räusperte
mich, er wollte nicht verschwinden.

"Ich warte!" Ungeduldig tippte sie mit der Fußspitze auf
den Boden. Endlich hatte ich mich gefangen.

"Mein Vater ist vor einigen Wochen gestorben. Ich habe
einen Brief gefunden. Darin hat er mir gebeichtet, dass
Sie …äh Du meine Mutter bist."

Ich schluckte, holte noch einmal tief Luft.

"Ich wollte dich kennenlernen."

Ohne eine Miene zu verziehen, kam von ihr herüber.

"Gut! Das hast du ja jetzt. Bitte geh!"

Sie hielt mir die Tür auf. Sprachlos starrte ich sie an.
Dann fing ich mich und verließ hocherhobenen
Hauptes das Büro.

Ich schaffte es meine Fassung, solange zu bewahren, bis
sich die Eingangstür hinter mir geschlossen hatte.

Die Faust auf meinen Mund gepresst, lief ich die
Auffahrt entlang. Mark stand am Tor. Ich warf mich in
seine Arme, und er fing mich auf.

Dann im Auto konnte ich meine Enttäuschung nicht
mehr
zurückhalten. Alle Schleusen öffneten sich, ich weinte
hemmungslos.

Mark tröstete mich, so gut er es vermochte. Ich stellte
fassungslos fest, dass ich Vollwaise war.

44 DESIREE

So ein ausgemachter Blödmann, dieser John Sheng,
ausgerechnet das Peninsula als Treffpunkt auszuwählen.
Wahrscheinlich, weil er einen europäischen Lebensstil
aus Hongkong gewohnt war. Na endlich. Er kam zur
Tür herein und sah sich suchend nach mir um.
Ich setzte mein strahlendstes Lächeln auf und ging ihm
entgegen.
"Desiree, my dear!" Er hauchte zwei Küsse rechts und
links auf meine Wangen.
Blasiert wie immer.
"Darf ich dich zu einem Drink an der Bar einladen?"
Ich hängte mich bei ihm ein.
Als der Kellner unsere Bestellung entgegengenommen
hatte, machte Sheng weiter mit seinem unverbindlichen
Small Talk.
Gespannt wartete ich darauf, wann er endlich
herausrücken würde. Es dauerte. Zwischendurch nippte
ich an meinem Champagner und wartete. Na also! Die
halbe Flasche war inzwischen leer.
"Desiree, es tut mir leid, die Lieferung in Rotterdam ist
aufgeflogen. Unsere Verbindungsleute haben
es nicht rechtzeitig geschafft, unsere Wachmannschaft
einzuteilen. Der Container ist vom Zoll beschlagnahmt
worden."
Er zuckte mit den Schultern. "Risiko!"

Ich feixte in mich hinein. Das hatte hervorragend
geklappt.

Der liebe Mark, würde zu Hause aus allen Wolken
fallen, wenn die Staatsanwaltschaft an seine Tür klopfte.
Ich gratulierte mir innerlich für meinen Schachzug.
Zufrieden hob ich mein Glas und nahm einen großen
Schluck. Das musste gefeiert werden. Nachher
würde ich einen Abstecher zu Harrods machen, ich
brauchte unbedingt eine neue schwarze Perle.

Außerdem gab es sonntags ein exzellentes Frühstück,
das wollte ich mir gönnen. Die Kreditkarte von Reedlich
und de Fries würde glühen.

John tat tief zerknirscht, ich wusste, dass er genau wie
ich, log. John erhob sich, absolvierte sein Ritual,
Küsschen rechts und links.

"Bis bald mal wieder", und wollte gehen. Während er
sich mir zu beugte, zog ich ihn an seiner Krawatte zu
mir herab. Ich sah ihm in die Augen und legte so viel
Rauch in meine Stimme, wie ich vermochte.

"Was meinst du, sollen wir unseren Erfolg nicht etwas
privater feiern."

John lächelte teuflisch.

"Ganz wie du willst, es ist mir eine Ehre dir zu Diensten
zu sein."

Ich nahm die Flasche aus dem Kühler und schlenderte
zu den Fahrstühlen, während John uns eincheckte.

"Ich habe noch eine Flasche geordert, es ist dir doch
recht,

oder!" Er spielte mit der Schlüsselkarte, während wir im Lift nach oben fuhren.

"Hast du jemanden bemerkt, der uns beobachtete?" Alarmiert sah er mich an.

"Wieso? Ist dir etwas aufgefallen."

"Nein, nicht wirklich. Ich hatte vorhin, während du weg warst, nur so ein Gefühl."

Ich betrachtete ihn und stellte mir vor, was ich alles mit ihm anstellen wollte.

John drückte Stopp. Wir hingen zwischen zwei Etagen.

"Kleiner Vorgeschmack gefällig?"

Er schob mich mit seinem Körper an die Wand und rieb sich

an mir. Seine Hand hatte er unter meine Bluse, geschoben und er knetete meine Brüste, während er mich abknutschte. "Hallo, Sir, ist alles okay?"

Eine Stimme erscholl aus der Gegensprechanlage. John ließ von mir ab und setzte den Lift in Bewegung. Erst jetzt bemerkte ich das Schild mit dem Kamerasymbol. John hatte es vorher mit seinem Rücken verdeckt.

>Mistkerl! Das wirst du nachher büßen.<

Der Lift schoss weiter nach oben. Wir stiegen aus und gingen zu unserer Suite.

***

Nach dem überaus erfolgreichen Wochenende machte ich es mir in meinem Büro bequem. Ich nahm den Hörer ab, um meine Sekretärin zu bitten, mir einen

Kaffee zu bringen. Bevor ich mich zur wöchentlichen Besprechung mit Mark traf, wollte ich noch schnell ein paar Akten lesen. Die Tür wurde leise geöffnet, ohne aufzuschauen, wies ich neben mich: "Stellen Sie den

Kaffee hier hin."

"Gerne, haben Sie sonst noch einen Wunsch?" Ich stutzte, diese Stimme gehörte nicht zu meiner Sekretärin. Ich blickte hoch. Neben meinem Schreibtisch stand dieses Flittchen und sah mich abwartend an.

"Was haben Sie hier zu suchen, wo ist Frau Schlick?"

"Frau Schlick bat mich, Ihnen den Kaffee zu bringen, weil sie ins Archiv musste, um eine Akte zu suchen."

Ich erinnerte mich, dass Mark vor ein paar Tagen gesagt hatte, diese Person würde jetzt bei ihm, als seine Privatsekretärin arbeiten.

>Ha, dass ich nicht lache, Privatsekretärin. Soweit kommt's noch.<

Ich schrieb eine Reihe Aktennummern auf einen Zettel und reichte ihn Sacha.

"Hier, diese Akten suchen Sie mir im Archiv heraus und bringen sie zu mir ins Büro. Ich suche nach einem bestimmten Vorgang, den ich überprüfen muss. Und schicken Sie bitte Frau Schlick zu mir, ich brauche sie hier."

Ich lächelte sie an und setzte hinzu: "Die paar Akten schaffen Sie doch allein zu suchen und hierher zu bringen. Ich brauche sie in zwei Stunden."

>So, damit bist du erst mal beschäftigt. Mal sehen, wie lange du brauchst.<

Zufrieden sah ich ihr nach. Die Suche würde sie über Stunden beschäftigen und von Marks Büro fernhalten. Ich trank meinen Kaffee aus und machte mich auf den Weg zum Konferenzraum.

Mark war schon da, außer uns war niemand weiter anwesend.

Ich ging auf ihn zu, umarmte ihn und flüsterte in sein Ohr.

"Ich habe dich in London vermisst. Wollen wir es uns heute Abend gemütlich machen?"

Mark erwiderte meine Umarmung. "Es tut mir leid, aber ich habe zu tun." Er küsste mich zärtlich auf die Stirn.

Ich schob ihn von mir und zischte: "Es ist ihretwegen, habe ich recht? Du hast was mit ihr"

" So ein Quatsch. Wie kommst du denn darauf?" Mark zog

mich wieder an sich.

"Ich habe wirklich noch zu arbeiten", beteuerte er.

"Aber wenn du willst, können wir morgen Abend essen gehen und sehen was dann passiert. Was meinst du?", lenkte er ein.

"Großartig", stimmte ich freudig zu.

Dabei dachte ich, >Du entkommst mir nicht. Dich und Deine kleine Schlampe mache ich fertig.<

45 SACHA

Nur noch heute zur Schule gehen, dann ist Schluss. Für immer!

Ein klein wenig wehmütig war mir zumute, als ich aus meinem Bett krabbelte. Wie immer schlurfte ich noch im Halbschlaf in die Küche. Mark saß hinter seiner Zeitung.

"Morgen", gähnte ich.

Er ließ das Blatt sinken und lächelte mich an. Wie konnte man am frühen Morgen schon so ausgeschlafen sein. Er hatte mir einen

Pott Kakao und eine Schale Müsli hingestellt. Ich lümmelte mich, mit hochgezogenen Beinen neben ihn auf den Stuhl.

"Gut geschlafen?"

"Geht so." Hungrig löffelte ich mein Müsli und sah ihm beim Lesen zu. Irgendein Artikel schien ihn besonders zu fesseln.

"Gibt´s was Besonderes?" Er klappte die Ecke der Zeitung um: "Hier steht, dass dem holländischen und deutschen Zoll, ein

Schlag gegen die internationale Produktpiraterie gelungen ist. Sie haben ein paar Mittelsmänner erwischt."

Er lächelte mich an: "Wenn du dich beeilst, fahre ich dich zur Schule."

"Bin schon fertig."

Ich sprintete in mein Zimmer und zog mich an. Ich stieg wie immer in meine Jeans, rechtes Bein rein, linkes Bein rein, hochspringen und …denkste, von wegen fertig. Der Knopf am Bund wollte sich partout nicht schließen lassen. Mist! Gestern ging das noch. Über Nacht hatte ich zugenommen.

Im Flur hörte ich Mark mit den Schlüsseln klappern. Seine unmissverständliche Aufforderung an mich, zu Potte zu kommen.

Ich rannte ins Bad und betrachtete mich im großen Spiegel.

Kein Zweifel.

"Sacha?", drängelte Mark. Er steckte seinen Kopf durch den Türspalt.

"Was ist los?" Er trat hinter mich.

"Die Hose, ich kriege die Hose nicht zu."

Er schmunzelte: "Das soll vorkommen, das Baby braucht

Platz."

"Musste es sich ausgerechnet heute überlegen, mehr Platz zu brauchen."

Verzweifelt warf ich die Arme in die Luft: "Ich habe keine Hose, in die ich reinpasse."

Den Finger an die Nase gelegt dachte Mark nach.

"Hast du Haargummis?" Ich reichte ihm die Schachtel. Er fädelte das Gummiband ins Knopfloch und wickelte das andere Ende um den Knopf.

"So, fürs Erste geht's." Zufrieden betrachtete er sein Werk.

Verblüfft fragte ich: "Woher weißt du sowas?"

"Ich war Student!", erklärte er lapidar.

"Na und?"

"Ich hatte während meines Studiums eine Kommilitonin, die hat sich anfangs dieses Tricks bedient. Sie war die Freundin eines Freundes."

"Aha!" Ich rollte mit den Augen.

"Was glaubst du, was man alles lernt, was nichts mit dem Studium zu tun hat."

Er schob mich aus dem Raum: "Beeile dich. Heute Nachmittag gehen wir einkaufen."

"Ich nickte. Kann Charlie mitkommen?"

""Unbedingt!" Zwinkerte er mir zu:

"Du brauchst Beratung.

Ich bin da gänzlich ungeeignet." Ich strahlte ihn an.

"Danke!"

"Keine Ursache, los komm. Wir müssen los."

Mark verstand unter Einkaufen eindeutig etwas anderes als ich.

Wie verabredet trafen wir uns in der Babyboutique. Begeistert stürmte Charlie den Laden. Sie zog mich hinter sich her und hatte im Nu einen Armvoll Klamotten von den Ständern gezogen und schleppte ihre Beute in eine Umkleide. Eine der Verkäuferinnen beobachtete Charlie mit verkniffenem Gesicht. Ihre Miene

hellte sich zusehends auf, als Mark auf sie zusteuerte und seine Kreditkarte zückte.

Charlie und er setzten sich in die Sessel vor den Umkleidekabinen.

Ich stöhnte und dachte, >die hatten es gut. <

Ich dagegen musste hinter dem Vorhang schwitzen, während ich mich aus meinen Sachen schälte.

"Wie weit bist du? Brauchst du Hilfe?", erklang ungeduldig
Charlies Stimme.

"Nein!"

Ich stieg in eine Umstandsjeans. Bisher hatte ich nicht gewusst, dass es solche Dinger gab. Mir waren nur diese komischen Latzhosen aufgefallen. Der Vorhang wurde beiseitegeschoben und die Verkäuferin kam mit einem weiteren Stapel Sachen auf dem
Arm herein. Entgeistert sah ich die Kleider an. "So was kann ich nicht tragen.", stotterte ich entsetzt und zeigte auf etwas Grünes,
dass obenauf lag.

"Ihr Gatte meinte, dieses Kleid würde ihnen sehr gut stehen."

Sie hielt dieses hellgrüne Nichts hoch. Vorsichtig befühlte ich den Stoff. Seidig leicht und für mich viel zu elegant.

Sie nötigte mich, mit sanfter Gewalt das Kleid überzuziehen.

Sie schob mich vor den Spiegel. Perplex stand ich da und sah die fremde Person, die mir gegenüber stand an. Meine roten Haare leuchteten und mein Teint schimmerte wie Porzellan.

Zu meiner Schande musste ich gestehen, dass ich mich umwerfend fand. Ein Blick auf das Preisschild ernüchterte mich. Meine Preisklasse war die Jeans.

"Nun komm schon raus!" Ich will das Kleid sehen. Charlie

konnte es nicht abwarten. Sie zog den Vorhang auf.

"Wie siehst du aus?" Sie blitzte mich an. "Wo ist das Grüne?"

Ich zeigte auf den Bügel an der Wand. Entrüstet stemmte sie die Hände in die Hüfte.

"Sacha Martens, du ziehst sofort das grüne Kleid an. Und zwar dalli!"

Mark lachte. Er hatte es sich bequem gemacht und beobachtete sichtlich amüsiert unseren Disput. Ich zischte ihr zu: "Hast du den Preis gesehen. Das kann ich mir unmöglich leisten."

"Na gut", lenkte Charlie ein. Sie funkelte unter ihrem Pony hervor:

"Was schadet es, wenn du es anprobierst und dich darin Mark zeigst. Die Hosen und die Shirts kannst doch auch noch mit nehmen. Nun mach schon", drängelte sie.

Geschlagen, schlüpfte ich in den Traum aus Seide. Charlie schlug vor Begeisterung die Hände zusammen. Sie

schob mich aus der Kabine.

Mark verschlug es buchstäblich die Sprache. Er nahm meine Hand. Hauchte einen Kuss darauf.

"Es ist mir eine Ehre, dich kennenzulernen, Sacha Martens. Du siehst toll aus!"

Verwirrt sah ich ihn an, und fragte mich: >Was war das denn? Es war kein Heiratsantrag, aber es fühlte sich verdammt danach an<.

Schleunigst schob ich diesen Gedanken zur Seite.

Ich zog mich wieder um. Die Jeans behielt ich gleich an. Charlie brachte die restlichen Sachen und das Kleid zur Kasse.

Dann gingen sie und Mark los und suchten noch eine Baby-Grundausstattung zusammen. Mit wachsender Besorgnis sah ich zu, wie sich mehr und mehr Taschen auf dem Ladentisch stapelten.

Marks Kreditkarte glühte schon. Charlie und Mark hatten
sich gegen mich verschworen. Mir war inzwischen schon alles egal. Ich saß da, schaute zu, war erschöpft und wollte nur noch raus aus dem Laden.

Zuhause, -komisch ..., wie schnell ich mich in Marks Loft eingewöhnt
hatte- packten wir die Schätze aus.

Die Tasche mit dem Seidenkleid ließ ich unbeachtet stehen.

"Was hast du gegen das Kleid einzuwenden?"

Ich zögerte: "Nichts. Es ist sehr schön. Aber."

"Aber?" Mark schmunzelte.

Ich gab mir einen Ruck: "Aber es ist zu teuer." Jetzt war es
raus. Ich atmete befreit auf. Mark zog mich lächelnd an sich. Ich stand zwischen seinen Beinen. Er blickte mich

von unten herauf ernst an und sagte: "Sacha, mach dir darüber keine Gedanken.

Betrachte das Kleid, als das, was es ist – ein Kleid. Ein Fetzen Stoff, wenn du so willst."

Dann setzte er hinzu. "Es ist eins deiner Geschenke zum bestandenen Abi."

"Na gut. Damit kann ich leben", stimmte ich zu.

"Schön! Da wir das geklärt haben. Können wir ja weiter machen."

Er erhob sich. Aus seinem Schreibtisch holte er einen Briefumschlag und reichte ihn mir.

Gespannt öffnete ich das Kuvert. Ich hielt zwei Blanko-Flugtickets nach England und einen Prospekt über Suffolk in der Hand.

"Flipp nicht gleich aus. Es ist die Entschädigung dafür, dass du nicht zum Abschlussball gehen möchtest.

Ich dachte, es würde dir Spaß machen, das wirkliche England kennenzulernen. Ich habe eine Zeit lang in Buy St. Edmunds gelebt

und mir hat es dort sehr gefallen. Vielleicht möchtest du sehen, wo ich gewohnt habe."

Mir hatte es buchstäblich die Sprache verschlagen. Ich konnte nur nicken.

Mark strahlte mich an. Und ich begann zu begreifen, dass ich für ihn wichtig geworden war.

Ich hatte Pippi in den Augen.

Sanft hob Mark mein Kinn an. Der Kuss, der folgte, fühlte sich zärtlich und beschützend an. Ich lies mich in seine Umarmung fallen und fühlte mich seit langer Zeit wieder, beschützt und geliebt

46 MARK

Die Meierin erwartete mich, als ich mein Büro betrat.
Mit hochgezogenen Augenbrauen drückte Sie mir im
Vorbeigehen die Postmappe in die Hand. Gleich oben
prangte ein gelber Briefumschlag.
Im Adressfeld las ich Staatsanwaltschaft als Adressat.
Wenig überrascht öffnete ich das Schreiben. Ich hatte
seit dem Artikel in der Zeitung auf die Vorladung
gewartet. Schon im Vorfeld hatte ich unserer
Rechtsabteilung die entsprechenden beglaubigten
Papiere übergeben.
Gott sei Dank war Christian rechtzeitig
zurückgekommen. Und es war ihm gelungen, worum
ich ihn gebeten hatte. Entspannt lehnte ich mich zurück.
Der Wochenendreise mit Sacha sah ich mit Freude
entgegen. Ich hatte noch eine Überraschung geplant,
von der sie nichts ahnte.
Mir blieb nichts mehr zu tun, als mein größtes Problem
zu lösen. Desiree!
Ich begab mich in ihr Büro.
Sie saß, auf gestylt wie immer, an ihrem Schreibtisch.
Als ich eintrat, telefonierte sie. Lachend sprach sie mit
ihrem unsichtbaren Gegenüber. Sie bezeigte mir, dass
ich eintreten und mich setzen sollte. Stattdessen trat ich
ans Fenster und sah scheinbar desinteressiert hinaus.
Ihre Stimme schrillte in meinen Ohren, während sie
sprach.

Endlich beendete sie ihr Gespräch.

"Hallo Mark, schön, dass du hier bist. Wir haben uns viel zu lange nicht gesehen."

Sie kam auf mich zu, umarmte mich und legte ihre Lippen auf meinen Mund. Ich ließ sie gewähren. Meine Arme hingen teilnahmslos runter.

Sie löste sich von mir und warf mir fragende Blicke zu.

"Was ist los?"

Ich setzte mich in den Sessel vor ihrem Tisch, schlug die Beine übereinander und sah sie streng an.

"Desiree, ich muss dringend mit dir sprechen."

Ich öffnete den Aktendeckel. Erst jetzt bemerkte sie den Ordner in meinen Händen.

Ich spürte ihre aufkeimende Verärgerung mehr, als ich sie in ihrem Gesicht lesen konnte. Sie war eine gute Schauspielerin und hatte ihre Mimik im Griff.

Ich legte ihr die letzten Kreditkartenabrechnungen unseres Firmenkontos vor.

"Du kannst doch nicht einfach mit unserer Firmenkarte shoppen gehen. Was hast du dir dabei gedacht?"

Sie zuckte die Schultern, ohne auch nur einen Blick auf die Abrechnung geworfen zu haben.

"Ich war in London, einkaufen."

"Na und? Das ist kein Grund die Spesenkasse zu plündern."

Sie schnappte: "Wozu bin ich CEO, wenn ich mir nicht ab und zu Luxus auf Firmenkosten leisten könnte. Wozu haben wir sonst das Spesenkonto?"

"Jedenfalls nicht, um private Einkäufe zu tätigen ärgerte ich mich.-

Mit wiegenden Hüften kam sie auf mich zu. Sie setzte sich auf meinen Schoß, schmeichelnd schnurrte sie: "Das ist alles nur für dich."

Sie zog einen Flunsch. "Ich wollte für dich schön und verführerisch sein. Jetzt hast du meine Überraschung zerstört.

Ich wollte dich heute Abend nur mit der schwarzen Perle bekleidet besuchen.

Schade!" Sie seufzte theatralisch, erhob sich und setzte sich hinter ihren Schreibtisch. Wenig beeindruckt von ihrer

schauspielerischen Leistung sprach ich weiter: "Hast du heute Abend Zeit, mit mir Essen zu gehen?"

Ein strahlendes Lächeln huschte über ihr Gesicht. Sofort klang ihre Stimme eine Spur rauchiger: "Natürlich, mein Lieber."

"Schön, dann bis heute Abend, ich hole dich ab." Ich wandte mich zum Gehen.

"Bring das mit der Abrechnung in Ordnung. Am besten noch heute."

Zufrieden mit mir begab ich mich in mein Büro.
***

"Frau Meier! Schicken Sie bitte Frau Martens zu mir."

"Das dauert eine Weile."

"Wieso, wo bitte ist sie? Ich kann nicht recht folgen?"

Die Hände in die Hüften gestützt, beäugte meine Sekretärin mich empört.

"Sie haben das Mädchen doch ins Archiv geschickt, wo sie täglich Akten von A nach B schleppt. Das wir hier keine Arbeit für sie haben, war mir klar, aber dass Sie sie ins Archiv stecken, hätte ich nie von Ihnen gedacht", grollte sie.

Verblüfft starrte ich meine Sekretärin an. Dann fing ich mich wieder.

"Sorgen Sie dafür das Frau Martens hochkommt, und bringen Sie mir bitte eine Kanne Kaffee und etwas Gebäck."

"Kuchen?"

"Wir haben keinen Kuchen hier."

Ich warf die Arme hoch: "Dann lassen Sie welchen besorgen. Herr Gott noch mal, kann doch nicht so schwer sein."

Übers ganze Gesicht grinsend ging die Meierin. Eine Viertelstunde später stand das Gewünschte vor mir. Wo blieb Sacha?

Ich konnte mir denken, wer sie dazu verdonnert hatte im Archiv zu arbeiten. Ich wollte es aus ihrem Mund hören und ihre Begründung, warum sie mir nichts davon erzählt hatte.

Endlich betrat Sacha mein Büro.

"Du hast mich rufen lassen?"

"Setz dich." Ich wies in die Sitzecke.

"Was tust Du im Archiv? Wer hat dir gesagt, dass du dort arbeiten sollst?"

Ich schenkte uns Kaffee ein und legte ihr eines der Teilchen auf den Teller. Hungrig verschlang sie den Kuchen, während sie mir erklärte:

"Frau Reddlich hat mich abkommandiert."

"Aha! Wieso weiß ich nichts davon?"

"Ich dachte, du weißt das," sie schluckte.

"Sacha, ab sofort gehst du nicht mehr dahin zurück." Entsetzt sah sie mich an.

"Du schmeißt mich raus?" Sie senkte den Kopf.

"Ich brauche das Geld."

"Nein, natürlich nicht. Wie kommst du nur auf solche Ideen?"

Sie zuckte die Schultern.

"Nur so." Sie misstraute mir immer noch. Diese Erkenntnis traf mich hart. Das musste ich schleunigst ändern.

"Sacha, höre mir genau zu. Ich habe ein starkes Interesse, an dir und an unserem Kind. Ich würde dich nie in eine gefährliche Situation bringen. Das musst du mir glauben." Ich hob ihr Kinn an und sah ihr in die Augen.

"Verstanden?"

Ein kleines Lächeln stahl sich auf ihr Gesicht.

"Verstanden!"

"Mach für heute Schluss."

Sie nickte und erhob sich.

"Warte! Du hast da was."

Ich rieb ihr einen Schmutzstreifen von ihrer Wange.

"Ich komme heute später nach Hause. Mach dir keine Sorgen.

Es wird spät werden. Ich möchte dann kurz mit dir reden, falls du noch wach bist."

Ich küsste sie auf ihren Scheitel und schob sie zur Tür hinaus.

Lächelnd sah ich ihr nach, während ich in meiner Hosentasche nach dem kleinen Etui fühlte.

***

Stunden später betrat ich meine Wohnung. Der Abend war anstrengend und nicht erfreulich verlaufen. Ich hatte meine Verlobung mit Desiree gelöst.

Verständlicherweise war sie nicht begeistert gewesen. Im Gegenteil, sie reagierte sehr ungehalten. Ich hatte ihr von Sacha erzählt, wie ich sie kennengelernt hatte und das wir ein Baby erwarteten.

Um Desirees Gefühle zu schonen, hatte ich verschwiegen, dass ich von ihrem Tete-a-Tete mit dem Asiaten, Christian sei Dank,- in London wusste.

Innerlich war ich auf einen Sturzbach von Tränen vorbereitet gewesen. Stattdessen überschüttete sie mich mit einer Wuttirade, die zum Schluss darin gipfelte, dass sie drohte, mich fertigzumachen.

Das war mein Zeichen zum Aufbruch. Ich beglich die Rechnung und verließ, ohne zurückzublicken, das Restaurant.

Ein Felsblock fiel mir vom Herzen. Ich hatte mich entschieden.

Jetzt musste ich nur noch Sacha von meiner Liebe zu ihr überzeugen.

Mit diesem Vorsatz betrat ich meine Wohnung und fand eine tief und fest schlafende Sacha auf der Couch vor.

Ich hob sie hoch und trug sie hinüber in ihr Bett. Was ich ihr sagen wollte, konnte bis Morgen warten.

Zufrieden mit mir und der Welt gönnte ich mir einen Whisky und betrachtete auf meiner Terrasse die Sterne am Himmel.

47 SACHA

Als ich aufwachte, lag ich in meinem Bett. Ich konnte mich, vage, erinnern, dass Mark spät gekommen war und mich ins Bett getragen hatte. Während ich auf dem Sofa auf seine Rückkehr
wartete, war ich eingeschlafen.
Gespannt sprang ich aus dem Bett und lief wie immer in die Küche. Und fand wie immer den gedeckten Frühstückstisch mit Brötchen und Müsli und Obst vor. Neben meinem noch warmen Kakao,-er konnte noch nicht lange weg sein-, lag ein Zettel.
>Bin heute lange unterwegs, wir reden, wenn ich zurück bin. M.<
***

Mit meinem Kakao in der Hand schlenderte ich zum Sofa. Er hatte seine Hose nach dem Ausziehen liegen gelassen.
Als ich sie zusammen legte, fiel ein Kästchen aus der Tasche.
Ich bückte mich und hob das Schmucketui auf.
Neugierig öffnete ich es, und es verschlug mir die Sprache.
Mein Herz schlug mir bis zum Hals. Eingebettet in blauen Samt leuchtete mir ein silbern strahlender schmaler Reif entgegen. Ein Ehering. Meine Knie

zitterten, ich musste mich setzen. Es fiel mir wie Schuppen von den Augen.

Das war es also, was er mit mir besprechen wollte. Er und Desiree hatten beschlossen zu Heiraten. Darüber wollte er mit mir in Ruhe reden.

Mir wurde übel. Mein Herz zog sich schmerzhaft zusammen.

Alle meine Träume zerbarsten und stürzten wie ein Kartenhaus in sich zusammen. Meine Augen füllten sich mit Tränen.

Ich fühlte mich verraten. Neben der Enttäuschung überkam mich gleichzeitig auch Wut. Bloß nicht weinen. Ich dachte, >Dieser Dreckskerl, wiegt mich in Sicherheit und macht mich glauben, dass er mich liebt, und jetzt lässt er mich und den Murkel fallen, wie eine heiße Kartoffel<. Die Hände vor meinen Mund gepresst saß ich wie erstarrt da. Mir war buchstäblich zum Kotzen.

Erschöpft hockte ich auf dem Küchenstuhl und dachte darüber nach, wie ich mit dieser Situation umgehen sollte. So saß ich eine ganze Zeit und überlegte. Das Gedankenkarussell in meinem Kopf, drehte unablässig seine Runden. Schließlich rappelte ich mich auf und zog mich an.

Da ich nun keine Schülerin mehr war, beschloss ich, eher in die Firma zu gehen. Ich hoffte, dass mich die Arbeit ein wenig von meinen trüben Gedanken ablenkte.

Als ich ankam, lief ich Marks Sekretärin in die Arme.

"Um Himmelswillen Mädchen, was ist mit Dir passiert. Du

siehst aus, als wäre dir ein Gespenst begegnet."

Ich konnte nur mit dem Kopf schütteln.

"Nu komm mal, setz dich und trink eine schöne Tasse Tee. Das bringt dich wieder auf die Beine." Dankbar nahm ich ihr den Pott Tee ab. Wir saßen eine Weile in stillem Einvernehmen nebeneinander und hingen unseren Gedanken nach. Ab und zu bemerkte ich, dass mich die ältere Frau mit gerunzelter Stirn musterte.

"Du sollst nachher zur Reddlich kommen. Ich stellte meinen Tee ab und erhob mich.

"Nichts da, du trinkst erst in Ruhe aus. Es gibt nichts, was so eilig wäre."

Die Meierin sah mich prüfend an. Dann tätschelte sie meine Hand und meinte: "Lass mal Kind, nichts wird, so heiß gegessen wie´s gekocht wird."

Ich seufzte und beeilte mich mit meinem Tee.

"Danke! Der hat gut getan", ich stellte den Becher ab und

machte mich auf den Weg in die Höhle des Löwen, besser der Löwin.

***

"Ich danke Ihnen Fräulein Martens, dass Sie es trotz Ihrer

vielen Termine geschafft haben zu einem kleinen Gespräch, so von Frau zu Frau, zu kommen. Bitte nehmen Sie doch Platz."

Ich fühlte mich in diesem Augenblick wie das sprichwörtliche Kaninchen vor der Schlange.

Desiree war wie immer, bis zu den Zähnen durchgestylt. Ich kam mir ihr gegenüber vor wie eine graue Maus und was noch schlimmer war, ich fühlte, dass sie genau derselben Meinung war

wie ich. Ich verabscheute ihre herablassende Art zu sprechen.

Fräulein, sagte heute schließlich kein Mensch mehr. >Was willst du falsche Schlange von mir, du hast alles. < dachte ich.

Sie erhob sich, kam um ihren Schreibtisch herum und lehnte sich an die Tischkante. Ich rutschte auf meinem Stuhl soweit wie nur irgend möglich nach hinten. Diese Frau rückte mir zu

nah auf die Pelle. Ich roch ihr süßlich- schweres Parfüm. Unangenehm.

Sie taxierte mich mit einem künstlichen Lächeln im Gesicht. "Fräulein Martens, wie lange wollen Sie diese Scharade noch aufführen, die Sie hier zum Besten geben.

Glauben Sie ernstlich, Mark wird Sie heiraten?"

Ich hatte keine Ahnung, worauf sie hinauswollte, also hielt ich es für sicherer zu schweigen. Sie musterte mich und wartete auf meine Reaktion. Schließlich fuhr sie fort.

"Wir wissen doch beide, dass Herr de Fries nicht der Vater des

Kindes ist. Sicher gab es auf diesem Schiff viele andere Männer."

Zustimmung heischend, wartete sie. Mir blieb bei dieser Unterstellung die Spucke weg. Ich spürte, wie ich puterrot wurde.

Schon wollte ich auffahren und mich rechtfertigen. Doch dann überlegte ich es mir anders. Wenn ich mich verteidigte, würde das noch mehr Wasser auf ihrer Mühle bedeuten. Also schwieg ich eisern weiter. Ich schob meine Hände unter mich. Sie sollte nicht sehen, wie ich zitterte. Es kostete mich viel Kraft und Beherrschung, mich nicht provozieren zu lassen. Ich bemerkte, wie sich auf Desirees Stirn eine Zornesfalte bildete. Ihr Lächeln fiel in sich zusammen. Sie zeigte mir ihr wahres Gesicht. Eine hässliche Teufelsfratze.

"Nun gut." Sie wandte sich um und zischte: "Mark wird sie nicht heiraten, glauben Sie es mir. Er ist keinesfalls der edle Ritter auf dem weißen Pferd. Aber jeder Mensch ist käuflich. Auch so ein kleines Flittchen wie du."

Ihr Hass auf mich stand drohend im Raum, und war deutlich greifbar. Sie setzte sich hinter ihren Rechner.

"Ich überweise ihnen sofort 100.000 Euro, und Sie verschwinden von hier."

Sie stockte, ehe sie weiter sprach.

"Sie bekommen weitere 150.000 Euro wenn sie auf das Sorgerecht für ihr Kind verzichten und Mark das alleinige Sorgerecht erhält."

Sie legte mir ein vorbereitetes Schreiben vor. Sie tippte auf das Unterschriftsfeld. "Hier, unterschreiben!"

Jetzt hatte ich genug. Ich nahm das Blatt, schob es in meine Tasche und verließ Desirees Büro.

Als die Tür hinter mir ins Schloss fiel, schlotterte ich am ganzen Körper. Meine Knie wurden weich und gaben unter mir nach.

>Bloß nicht weinen. Reiß dich zusammen!<, sagte ich zu mir.

Ich schleppte mich zur Treppe, schaute hinunter. Oh nein, die Stufen kamen immer näher. Mir wurde schwarz vor Augen. Und ich spürte, dass ich fiel und fiel.

***

Aus der Ferne hörte ich, meinen Namen.

"Sacha, mach die Augen auf. Na endlich! Sie kommt zu sich."

Ich blinzelte, das Licht stach mir in die Augen. Sofort kniff ich die Lider zusammen. Eine tiefe Stimme sprach leise auf mich ein, und ich spürte einen festen Griff an meiner Schulter. Vorsichtig öffnete ich erst ein Auge, dann das andere. Verschwommen nahm ich ein lächelndes bärtiges Gesicht wahr. Ruckartig schoss ich hoch.

"Langsam, junge Frau. Immer mit der Ruhe."

Sanft drückte er mich nieder.

"Liegen bleiben."

"Was ist passiert?" Ich lag am Fuß der Treppe und war in eine goldene Folie eingewickelt.

"Wissen Sie, was mit Ihnen geschehen ist?" Ich schüttelte den Kopf. "Autsch", stöhnte ich.

"Vorsicht! Sie haben eine Beule am Kopf."

Mit der Hand tastete ich die schmerzende Stelle ab. Die Beule fühlte sich riesig an.

"Sie sind die Treppe heruntergestürzt. Können Sie sich daran erinnern?"

Er half mir, mich aufzurichten und leuchtete mir in die Augen.

Erst jetzt bemerkte ich die vielen Leute, die um mich herum standen. Ich bekam eine Halskrause umgelegt. Der Mann mit dem Bart war also der Notarzt. Er gab Anweisungen, ehe er mir eine Manschette um den Oberarm legte und meinen Blutdruck überprüfte. Zwei Sanitäter rollten eine Trage heran. Ehe ich mich versah, wurde ich in einen Krankenwagen geschoben.

Der Notarzt setzte sich neben mich.

"Wir fahren sie ins Krankenhaus. Dort wird man sich weiter um Sie kümmern."

Es dauerte nicht lange, und ich wurde in die Notaufnahme geschoben und den dortigen Schwestern und Ärzten übergeben.

Wegen meiner Schwangerschaft kam ich gleich auf die Frauenstation.

Hier wurde ich an ein CTG angeschlossen. Später kam noch einen Ärztin und untersuchte mich. Sie sah mich ernst an: "Wir behalten

Sie heute hier, falls der Sturz eine Fehlgeburt ausgelöst hat. Zusätzlich haben Sie eine leichte Gehirnerschütterung. Wir müssen Sie, zu Ihrer und zur Sicherheit ihres Babys überwachen. Möchten Sie jemanden anrufen?"

Sie gab mir meine Tasche. Ich holte mein Smartphone heraus und drückte Marks Kurzwahl.

Ich wartete. Eine Computerstimme erklärte mir, der Teilnehmer sei zur Zeit nicht erreichbar. Dann versuchte ich es bei Charlie. Sie war auch nicht da.

>So ein Mist<! dachte ich.

Wenigstens nahm Charlies Anrufbeantworter meinen Anruf an.

Ich bekam eines dieser komischen Krankenhaushemden übergezogen und landete schließlich in einem Einzelzimmer. Neben mir piepte der Wehen Schreiber. Erschöpft schloss ich die

Augen. Ich fühlte mich einsam und allein. Hoffentlich rief Mark bald zurück. Eine der Schwestern betrat mein Zimmer, überprüfte den Papierstreifen vom CTG. Dabei lächelte sie mich an und meinte: "Wir haben Herrn de Fries benachrichtigt. Leider konnten wir nur den Anrufbeantworter erreichen." Müde nickte ich.

***

Es klopfte, die Tür ging auf und Charlie steckte ihren Kopf durch den Türspalt und strahlte mich an.

Ich musste wohl eingenickt sein, denn im Zimmer war es dämmerig.

Ohne viele Umstände zu machen, zog sie sich einen Stuhl

heran und setzte sich neben mein Bett.

"Du siehst, echt Scheiße aus." Sie griente mich an. Ich verdrehte die Augen.

"Danke der Nachfrage, mir geht es gut." Sie lachte lauthals los.

Dann nahm sie meine Hand und schaute mich mitleidig an.

"Was ist genau passiert? Bitte jede noch so klitzekleine Einzelheit, ich will alles wissen. Am besten mit Bild."

Ich schluckte, jetzt musste ich doch heulen. Obwohl ich mir das verboten hatte. Schluchzend erzählte ich ihr, wie ich den Ring gefunden hatte, schilderte das Gespräch mit

Desiree und ich gestand ihr meine Angst ein, dass Mark Desiree heiraten könnte. Charlie hörte mir ohne Unterbrechung zu.

"Diese Ratte", war ihr einziger Kommentar.

Charlie erhob sich und stellte die Blumen, die sie mitgebracht hatte in eine Vase. Nebenbei redete sie auf mich ein. Ihr Geplapper

lullte mich ein. Meine Gedanken schweiften ab. Ich nahm das Telefon und wählte zum wiederholten Male Marks Handynummer. Ich hörte: "Der Teilnehmer ist nicht zu erreichen."

Frustriert schaltete ich ab und warf das Smartphone aus der Hand. Ein Gedanke schlich sich in mein Hirn.

Was, wenn er keine Anrufe mehr von mir entgegennahm.

Wenn er uns, den Murkel und mich, abserviert hatte und mit seiner Tussi abgehauen war. Diese Vorstellung lies mich am ganzen Leib zittern. Mir wurde eiskalt, dabei schwitzte ich wie verrückt.

Meine Gedanken liefen wie die Maus in der Trommel. Je

mehr ich mir einzureden versuchte, dass es einen logischen

Grund gab, warum er nicht zurückrief, desto mehr sah ich ihn und Desiree vor meinem inneren Auge Hand in Hand aus der Kirche kommen. Der Knoten in meiner Brust zog sich immer

fester zusammen. Charlie machte sich jetzt an meinem Bett zu schaffen: "Du musst mir helfen, ich muss hier raus. Sofort!".

Sie hielt, dabei inne das Kissen aufzuschütteln, und blickte

mich aus kugelrunden Augen an: "Was hast du vor? Du kannst doch nicht einfach so abhauen."

Ich deutete zur Tür: "Du musst Schmiere stehen."

"Sacha, das kannst du nicht machen."

Trotzdem linste sie vorsichtig hinaus auf den Gang.

"Doch!", widersprach ich.

Ich stieg aus dem Bett, befreite mich vom Wehen Schreiber und zog mich an.

Abwechselnd spähte Charlie hinaus auf den Stationsflur und predigte, wie dumm ich mich benahm.

"Die Luft ist rein. Los komm." Wir gingen mit leisen Schritten zur Stationstür hinaus. Eilig liefen wir zum Fahrstuhl. Als sich die Türen hinter uns schlossen, atmete ich befreit auf.

Das Krankenhaus zu verlassen war dann kein Problem mehr. Vor der Klinik angekommen, stoppte Charlie und funkelte mich böse an.

"Sacha Martens, du spinnst! Einfach so abzuhauen! Wo willst du hin?"

Ich stockte und entschied: "Nach Hause. Zu mir nach Hause."

48 MARK

"Sacha!" Ich ging zu ihrem Zimmer, klopfte leise an.
Falls sie schlief, wollte ich sie nicht wecken. Drinnen
regte sich nichts.
Ich öffnete die Tür und schaltete das Licht an.
Das Zimmer lag so, wie sie es heute Morgen verlassen
hatte, vor mir.
Wo konnte sie nur stecken? Im Bad vielleicht? Ich sah
auch dort nach. Nichts!
Eventuell hatte sie eine Nachricht hinterlassen. Ich holte
mein Handy aus der Tasche, schaltete es ein
und las: >20 Anrufversuche.<
Sie hatte unter anderen versucht, mich zu erreichen.
Schweiß bildete sich auf meiner Stirn. Was war da los?
Ich stand in meinem Wohnraum und hörte eine
Nachricht nach der anderen ab. Sacha hatte keine
Nachricht hinterlassen. Ich sah mich nach einem Zettel
um.
Jetzt erst fiel mir das Blinken meines Anrufbeantworters
auf. Eine freundliche Stimme teilte mir mit, dass Frau
Martens heute ins Krankenhaus eingeliefert worden sei
und ich mich bitte auf Station 4 melden möchte.
Um Himmelswillen! Ich rannte zum Fahrstuhl. Aber wie
immer wen es schnell gehen sollte, trödelte er. Entnervt
nahm ich die Treppe. Ich rannte die Stufen runter.
Stolperte und konnte mich gerade noch so abfangen.

.Mit schweißfeuchten Fingern umklammerte ich das Lenkrad meines Porsches. Großzügig überfuhr ich mehrere rote Ampeln. Bestimmt lieferte ich einige hübsche Fotos für die Polizei. Egal!

Schließlich hatte ich das Klinikgelände erreicht. Mist, ich hatte vergessen, Blumen zu besorgen. Aber wo hätte ich zu dieser Uhrzeit noch einen Strauß auftreiben sollen. Höchstens an einer Tankstelle vielleicht. Daran hatte ich in meiner Eile nicht gedacht.

Sacha würde mir sicher verzeihen, dass ich kein buntes Duftgemüse mitbrachte.

***

Auf der Station war trotz Schlafenszeit der Teufel los. Eine Schwester und ein Arzt standen sich auf dem Flur gegenüber.

Der Mann hatte Zornesfalten auf der Stirn.

Er blaffte die Frau an: "Es war ihre Aufgabe dafür zu sorgen, dass die Patientin überwacht wird. Sie hätten merken müssen, dass der Wehen Schreiber keine Daten mehr anzeigte."

"Das wird ein Nachspiel haben", drohte er. Die Frau erbleichte und senkte den Kopf.

Ich hörte, wie sie murmelte: "Wir sind kein Gefängnis. Wenn eine Patientin nicht bleiben will, wie sollte ich sie dann aufhalten?"

Der Arzt winkte ab und eilte davon.

Die Schwester, sah mich da stehen. Verbittert bölkte sie: "Besuchszeit ist vorbei, kommen Sie morgen wieder."

Ich setzte mein charmantestes Lächeln auf.

"Entschuldigen Sie die späte Stunde, ich muss zu Frau Martens."

Die Schwester warf die Arme hoch und knurrte mich an.

"Die ist weg."

"Was? Wie weg?", verblüfft fragte ich nach. Gereizt wiederholte sie:

"Na, weg eben. Sie ist abgehauen, als ich in ein anderes Zimmer gerufen wurde."

Mir ging ein Licht auf. Sacha war die verschwundene Patientin.

Die Pflegerin kniff die Augen zusammen, musterte mich und fragte: "Wer sind Sie überhaupt?"

"Mein Name ist de Fries, ich wurde angerufen."

Sie blätterte in ihren Unterlagen, dann nickte sie.

"Wie Sie gerade unschwer mitbekommen haben, hat Frau Martens sich selbst entlassen. Wenn Sie wissen, wo sie sich aufhält, sorgen Sie dafür, dass die junge Frau sich einem Arzt vorstellt. Schließlich stürzte sie eine Treppen runter" Als ich hörte, was Sacha zugestoßen war, wurde mir übel."

" Was ist mit dem Baby?"

Die Schwester kniff die Augen zusammen: "ich dürfte Ihnen, keine Auskunft geben, aber ich kann Sie beruhigen. Dem Kind ging es erstaunlicherweise gut."

Erleichtert atmete ich auf. Ich bedankte mich bei der Pflegerin und ging.

Ich hatte den ersten Schock überwunden. Aber die Sorge um Sacha plagte mich weiter.

Sie hatte einen Unfall erlitten, und ich hatte nicht rechtzeitig zur Stelle sein können, um ihr beizustehen. Meine Gedanken überschlugen sich. Wie mochte es ihr gehen? Vor allem beschäftigte mich die Frage, wo sie steckte Im Auto setzte ich mich einen Moment hin und überlegte, wo sie sein könnte.

Mir fiel nur ein Ort ein. Charlie! Ich hatte keine Ahnung, wie Charlie mit Familiennamen hieß. Ich war mir allerdings sicher, in Sachas Sachen die Adresse von ihrer Freundin zu finden. Also fuhr ich zurück in meine Wohnung.

***

Es widerstrebte mir, in Saschas Privatsphäre einzudringen Trotz allem tat ich es. Systematisch durchsuchte ich ihren Schreibtisch und die darauf gestapelten

Bücher. Noch nie hatte ich mich genauer in ihrem Zimmer umgeschaut. Neben Sachbüchern über Schwangerschaft

fand ich romantische Liebesschnulzen. Lächelnd las ich die Titel. "Biss,…." eine verstiegene Vampirschnulze. Der Titel kam mir bekannt vor.

Gab es da nicht auch Filme mit gleichem Titel? Ich schlug das Buch auf und entdeckte innen einen Namen.

Charlotte Werner.

Das musste die Charlie sein. Erleichterung durchflutete mich.

Trotz der weit fortgeschrittenen Nachtstunde wagte ich es, die Werners anzurufen. Es kostete mich meine gesamte Überredungskunst,
Herrn Werner davon zu überzeugen, dass ich dringend mit seiner Tochter sprechen musste.
 Charlie stellte sich anfänglich stur an und wollte mir auf keinen Fall verraten, wo sich Sacha aufhielt. Erst nachdem ich ihr erklärt hatte, was es mit dem Ring auf sich hatte war sie bereit mir zu helfen. Statt sich zu Hause hinzulegen und auszuruhen, hatte Sacha sich auf den Weg nach Berlin gemacht. Sie wollte nach England fliegen und das Wochenende nutzen, um Abstand von mir zu bekommen.
Sie, Charlie, sollte am nächsten Morgen nachkommen.
"Sacha hielt es keine Stunde länger in der Stadt. Sie ist
 mit der Bahn voraus gefahren", hörte ich da einen Vorwurf in Charlies Stimme? Ich erinnerte mich. Ich hatte Sacha ein Wochenende in Bury St. Edmunds versprochen und ihr Blankoflugtickets und eine Hotelreservierung geschenkt.
Charlie stockte: " Ich habe eine Idee. Du holst Dir, bei mir das Ticket ab und ihr fliegst nach. Sie rechnet nicht mit Dir. Was meinst Du?"
"Der Vorschlag ist gut, dauert aber zu lange. Ich buche jetzt telefonisch einfach ein anderes und hoffe das es klappt.. Drück mir die Daumen!"
Charlie kicherte, dann setzte sie hinzu: "Ich glaube, dass sie – nein, ich weiß dass – sie dich liebt."
"Charlie, Du bist ein Schatz! Ich fahre gleich los."

"Los, los beeile Dich. Danken kannst Du mir später.
Ich mag übrigens Chilischokolade."
Lachend legte ich auf.
***

Während der Fahrt überlegte ich mir einen
Schlachtplan, und hoffte, dass alles so klappen würde,
wie ich es mir ausgemalt hatte.
Kurz bevor das Gate schloss, stürmte ich heran. Alle
Plätze in der Business-Class, die ich gebucht hatte,
waren besetzt. Also blieb mir nichts anderes übrig, als
mit der Economy-Class vorliebzunehmen.
Das war mir herzlich egal. Im Gegenteil. So hatte
ich die Chance, dass sie mich nicht bemerkte. Befreit
sass ich auf meinem Platz. Bis hierher hatte ich meinen
Plan umgesetzt. Wir saßen im selben Flugzeug, durch
einen Vorhang voneinander getrennt.
Nach entspannten eineinhalb Stunden landeten wir in
Heathrow.
Ich sah sie am Schalter der Grenzkontrolle stehen. Da
ich einen Pass mit Chip besaß, konnte ich die Kontrolle
digital absolvieren, während sie sich in die Schlange der
Passagiere am Schalter einreihte.
Sie blickte sich um und einen kurzen Moment lang
glaubte ich, sie hätte mich entdeckt. Doch dann nahm
sie ihren Ausweis in Empfang und schritt zum
Gepäckband.
Während sie wartete, verließ ich das Gebäude, holte
meinen Mietwagen und fuhr in Richtung Suffolk.

49 Sacha und Mark

Staunend betrachtete ich die vorüberziehende Landschaft. Obwohl ich todmüde war, konnte ich meine Augen nicht abwenden.

Kleine Häuser am Straßenrand mit Vorgärten, in denen Palmen wuchsen. Aus Feldsteinen gebaute Häuser mit Erkern und Wintergärten wurden abgewechselt von Feldern und Wiesen.

Hin und wieder konnte ich am Ende einer Auffahrt, die von immergrünen Hecken gesäumt wurde, ein Herrenhaus entdecken.

Am meisten irritierte mich der Linksverkehr. Ich hatte anfänglich ein komisches Gefühl im Bauch, als die Autos rechts am Bus vorbei fuhren. Nach einer Stunde Fahrzeit hatte ich mich dran gewöhnt. Ich konnte mich endlich entspannen. Am Flughafen hatte ich mir einen Reiseführer besorgt. Neugierig blätterte ich darin. Ich suchte mir besondere Sehenswürdigkeiten aus, die Charlie und ich uns unbedingt ansehen wollten. Ich freute mich auf die Stadtbesichtigung und ich hatte mir ganz fest vorgenommen, Charlie zu überreden, mit mir einen Trip nach Colchester zu unternehmen. Noch lieber hätte ich mit Mark das alles erlebt. Beim Gedanken an ihn musste ich mit den Tränen kämpfen. Ich schob mir meine Sonnenbrille auf die Nase. Niemand sollte meine verheulten Augen sehen.

>Reiß dich gefälligst zusammen<, rief ich mich zur Ordnung.

Doch so sehr ich mich bemühte, mein Herz tat weh und ich hatte einen Dauerknoten im Magen.

Es irritierte mich, dass Charlie bisher noch nicht auf meine

WhatsApp Nachricht geantwortet hatte. Sie müsste um diese Zeit längst losgefahren sein.

Im Hotel würde ich versuchen, ihr Handy über das Festnetz zu erreichen.

Die Fahrt dauerte etwa zwei Stunden, dann stieg ich auf dem Bus Stopp in Bury St Edmunds aus. Ich hatte keine Ahnung, wo genau ich mich befand. Um mich herum herrschte geschäftiges Treiben, es war Markttag.

Da ich keine Lust verspürte, lange herumzusuchen, hielt ich Ausschau nach einem Taxi. Ich hatte Glück und ergatterte gleich eines der schwarzen Autos. Der Fahrer, ein freundlicher Inder, sprach mit mir in einem Dialekt, den ich ums Verrecken nicht verstand. Kurz entschlossen hielt ich ihm die Hotelreservierung unter die Nase. "Aha!" Er strahlte und nickte, wandte sich um und gab Gas.

***

Das Hotel, ein aus roten Backsteinen gebautes Herrenhaus, umgeben von alten Bäumen und immergrünen Hecken sah genauso aus wie im Prospekt abgebildet. So stellte ich mir die englischen Landsitze der Adligen vor. Ich bezahlte den Fahrer.

Zum Glück konnte ich, während ich auf meinen Koffer am Band wartete, an einem der Cash-Points Geld holen. Ich stieg aus.

Mit offenem Mund stand ich da und betrachtete die verspielte Fassade.

Ein Butler in Livree eilte heraus und nahm sich meines Gepäcks an. Gemächlich folgte ich ihm ins Haus. Die Lobby machte einen altehrwürdigen Eindruck. An den Wänden hingen Gemälde, auf denen wahrscheinlich die ehemaligen Besitzer des Hauses verewigt waren. Ich legte an der Rezeption meine Reservierung und meinen Ausweis vor. Der Portier gab emsig die Daten in den Computer ein. Während er mich eincheckte, blickte ich mich um. Einige Gäste saßen in mit bunten Blumenstoffen bezogenen Sesseln und lasen Zeitung. Der Portier nickte dem Haus-Boy zu, der nahm meinen Koffer. Erwartungsvoll blickte er zu mir.

"Sie haben die Suite gebucht. Dritte Etage im rechten Flügel."

Er zeigte nach rechts. Ich nickte und folgte dem Mann.

"Übrigens, ihr Gast ist schon vor einer ganzen Weile angekommen und erwartet sie oben in ihren Räumen. Ich wünsche Ihnen einen schönen Aufenthalt."

Ich verharrte mitten im Lauf, wandte mich um.

"Mein Gast?", fragte ich, die Augenbrauen angehoben.

Der Rezeptionist nickte und widmete sich einem neuen Gast, der an die Rezeption getreten war.

Ich überlegte, sollte Charlie etwa vor mir angekommen sein?

Und wenn ja, wie hatte sie das angestellt. Ich konnte mir keinen Reim auf das Rätsel machen. Einigermaßen neugierig betrat ich die Suite. Der Boy stellte meinen Koffer im Schlafraum ab und ging.

Ich setzte mich auf das Himmelbett. Irgendwo her vernahm ich Wasserrauschen. Stand mein Gast etwa unter der Dusche? Ich überlegte, ob ich nachschauen sollte, verwarf aber diesen Gedanken sofort wieder. Ich würde meinen Gast sicher gleich zu Gesicht bekommen. Solange konnte ich getrost warten.

Jemand klopfte.

"Herein!"

Ein älterer Herr im schwarzen Anzug, mit weißen Handschuhen an den Händen trat ein.

"Guten Tag, Mrs. Martens. Mein Name ist Peter. Ich bin Ihr Butler."

"Wieso Butler?" Es überforderte mich allmählich, was in den letzten Minuten auf mich eingestürzt war.

Er überreichte mir einen Brief. Verwundert nahm ich ihn entgegen und öffnete das Kuvert. Ich hielt eine förmliche goldumrandete Einladung in der Hand.

Eine Einladung zum Candlelight Dinner im Wohnraum meiner Suite.

Ich war endgültig platt, und ließ mich aufs Bett fallen.

Nachdenklich drehte ich die Karte in den Händen.
Hatte ich mich etwa doch nicht getäuscht, als ich
glaubte, Mark gesehen zu haben. Denn das Charlie solch
ein Essen arrangierte, erschien mir nun doch reichlich
unwahrscheinlich. Wie auch immer in ein paar Stunden
würde ich es erfahren. Ich begab mich ins Bad. Ich hatte
zu tun. Ich musste mich runderneuern.

***

Zum Glück war es mir gelungen, vor Sacha das Hotel
zu erreichen.
Dadurch hatte ich genug Zeit, noch einige
Arrangements zu veranlassen.
Ich duschte und kleidete mich an. Danach verließ ich
das Hotel um im Blumenladen einen Strauß Rosen zu
besorgen. Ich hoffte, Sacha würde mir verzeihen und
mich erhören.
Gespannt betrat ich den Wohnraum. Würde sie schon
auf mich warten? Wie war sie gestimmt?
Meine Hände schwitzten. Ich wischte sie am Hosenbein
trocken.
Der Butler hatte den Tisch gedeckt. Ich übergab ihm die
Rosen. Eine behielt ich in der Hand. So stand ich mitten
im Raum, angetan mit Smoking und Rose in der Hand
und erwartete Sacha.
Endlich, ich hörte ihre Schritte. Sie trat ein. Und ich
erstarrte.
Sie trug das grüne Seidenkleid. Sie sah darin bezaubernd
aus.

Ihre grünen Augen strahlten und ihre roten Haare leuchteten golden im Kerzenlicht. Ich war beeindruckt. Sacha verharrte. Sie schnappte nach Luft, die Augen zusammengekniffen

funkelte sie mich an. Das Herz rutschte mir in die Hose. Vor mir stand die leibhaftige Eva.

"Ich hätte es wissen müssen. Ich habe dich auf dem Flugplatz

gesehen, aber gedacht, dass ich mich irre." Sie verschränkte die Arme vor der Brust.

Ich nahm meinen Mut zusammen, trat auf sie zu und überreichte ihr die Rose.

"Du siehst fantastisch aus." Sie lächelte mich an und gab mir das Kompliment zurück.

"Du auch." Ich ging vor ihr in die Knie, nahm ihre linke Hand in meine und hielt sie fest. Mein Hals fühlte sich ausgetrocknet an. Ich räusperte mich.

Der Kloß saß fest. Ich blickte zu ihr auf, dann krächzte ich: "Sacha Martens,- bitte heirate mich." Ihre Gesichtszüge erstrahlten. Dann, verfinsterte sich ihre Miene. "Was soll das? Mark! Ich denke, du bist verlobt mit Desiree."

Ich erhob mich, zog sie in meine Arme und raunte ihr zu,

"Nicht mehr."

Wir ließen uns auf dem Sofa nieder. Ich behielt ihre Hand in meiner.

"Ich habe die Verlobung mit Desiree schon vor einigen Tagen gelöst. Sie hatte ihren Zweck erfüllt. Erstaunt zog Sacha die Augenbrauen hoch. "Wie das?"

Dann beichtete ich ihr, dass ich mich mit Desiree nur verlobt hatte, um sie und ihren Vater im Auge behalten und ihre Machenschaften

besser beobachten zu können. Ich erzählte ihr,

dass, als wir uns auf dem Frachter trafen, ich in inkognito unterwegs

gewesen war.

Außerdem hatte ich Christian beauftragt, in London an der

Börse zu versuchen, sämtliche Aktien, derer er habhaft werden konnte, mit unserem privaten Vermögen zu kaufen. Wir wollten die Anteilsmehrheit an der Reddlich und de Fries Reederei AG

erlangen. Was ihm gelungen war.

"Am Tag deines Unfalls war ich bei der Staatsanwaltschaft und habe dort Anzeige gegen die Reedlichs erstattet.

Da ich spezielle Fragen beantworten musste, war ich nicht erreichbar.

Es tut mir leid, dass ich nicht zur Stelle sein konnte, als du mich am dringendsten gebraucht hast. Kannst du mir verzeihen?"

Sacha schluckte, sie strahlte mich an und nickte. Ich erhob

mich.

Aus meiner Hosentasche zog ich das Etui mit dem Ring hervor.

Sacha reichte mir ihre linke Hand. Ich schob ihr den Reif

auf den Finger.

"Ich liebe dich. Bitte heirate mich."

Sie sprang auf, umarmte mich heftig.

"Ja. Mark de Fries, ich werde dich heiraten. Aber nicht so bald.

Verwirrt blickte ich Sacha an."

Sie schluckte, sah mir in die Augen, ehe sie weitersprach: "Mark ich liebe dich, dass musst du mir glauben, bitte lass mir Zeit."

Ich setzte mich, zog sie auf meinen Schoß und küsste mich ihren Hals hinauf. An ihrem Ohr angekommen flüsterte ich: "Nimm dir Zeit so viel du willst, Hauptsache du heiratest mich."

Sie rutschte neben mich aufs Sofa: "Es war schön bei Dir zu leben. Nur!"

Sie stockte runzelte die Stirn, als dächte sie angestrengt nach, dann fuhr sie fort: "Ich glaube, ich muss endlich selbständig

werden. Deshalb ziehe ich zurück in meine Wohnung. Du darfst mich und den Murkel so oft besuchen kommen, wie du willst."

Sichtlich erleichtert atmete sie aus.

Ich wollte auffahren und ihr widersprechen.

Es gefiel mir nicht, dass sie mich so ausschloss. Ich wollte sie bei mir haben. Doch sie hob die Hand und stoppte mich: "Im nächsten Jahr, werde ich deine Hilfe benötigen." Sie sah mich

an: "Ich werde den letzten Wunsch meines Vaters erfüllen. Ich bewerbe mich um einen Studienplatz an der Uni. Ich will Seeverkehrs- Hafenwirtschaft, und Tourismus studieren und du darfst mir dabei helfen."

Sie lächelte mich verschmitzt an.

"Ich brauche einen Praktikumsplatz."

Ich war baff und erleichtert zugleich.

"Natürlich. Enthusiastisch versprach ich: "Du sollst jede Hilfe kriegen die du brauchst."

Aber verrate mir, wie du auf diesen Berufswunsch gekommen bist?

Sie lächelte: "Du bist Reeder und ich liebe dich. Da liegt es

doch nahe. Oder."

Sprachlos umarmte ich sie.

Unendlich erleichtert und glücklich küssten wir uns.

Schmunzelnd löste sie sich von mir. Blickte zum Tisch hinüber und erklärte: "Wir, der Murkel und ich haben Riesenhunger, lass uns endlich essen."

Blind Date
in der
Kirche

— SUZIE R. —

1. Kapitel

Es ist drückend heiß, am Horizont türmen sich dunkle Wolken auf. Delenn schleudert die Schuhe von ihren Füßen. »Danke Leute, gute Arbeit bis heute Abend.«

Nigel Palmer verlässt mit zügigen Schritten die Bühne.

Hinter ihm packen die Musiker des Tourorchesters ihre Instrumente zusammen. Er betritt seine Gaderobe. George sitzt auf dem Sofa und hat die Füße auf der Tischplatte abgelegt und blättert in einer Illustrierten.

»Was liest du?«

»Zeige ich dir gleich, laß mich nur noch den Artikel zu ende lesen.«

»Hier lies«, George tippt auf die Zeitung und reicht sie Nigel.

»Was, soll das?«

»Da steht, dass du eine junge Frau suchst,«

»Wie bitte:« Nigel reißt George das Blatt aus der Hand und studiert den Text."

»Es wird allmählich Zeit, dass du deine Aktivitäten ein wenig diskreter handhabst.«

»Wie stellst du dir das vor? Ich habe noch deine Worte im Ohr. »>Du musst dich in die Schlagzeilen bringen, geh mit ein paar Starletts aus. Zeige dich mit ein paar B- Promis. Egal was du tust. Hauptsache du bist in den Schlagzeilen.<«

Georg nickte: »Das war als du angefangen hast auch wichtig. Er zuckt mit den Schultern ehe er fortfährt:

»Jetzt bist du etabliert. Du hast Erfolg. Was willst du mehr?«

»Wenn du es genau Wissen willst, meine Ruhe. Die will ich.«

Nigel rollt die Zeitung auf und zeigt damit auf George . »Sieh zu, dass du heraus kriegst, wer für den Schund hier.

Verantwortlich ist und sorge dafür, dass ich nicht länger belästigt werde.«

George kneift die Augen zusammen: »Wer bin ich? Deine

Zofe? Es bleibt dir nichts anderes übrig, als mehr Umsicht und Diskretion walten zu lassen.«

Nigel hebt die Hände, sieht den Manager an: »Bisher war ich der Meinung, dass du für mich arbeitest. Also kümmere dich.«

Er schnappt sich den Violinenkasten, knallt die Tür, im hinausgehen hinter sich zu. Zügig strebt er in die Tiefgarage. Auf dem Weg dorthin begegnen ihm ein paar Fans. Lächelnd bleibt er stehen und gibt Autogramme. Eine Truppe Frauen mittleren Alters diskutiert lautstark, darüber wer von ihnen es wagen muss, ihn anzusprechen und um ein gemeinsames Foto zu bitten.

Gespannt verfolgt Nigel den Disput, der sich vor seinen Augen abspielt. Die Würfel sind gefallen, eine rundliche Lady tritt schüchtern auf ihn zu. Sie hält ihm eine Canon entgegen und stottert hastig: »Dürfen wir ein Bild mit Ihnen und uns schießen? Erleichtert atmet sie aus und blinzelt Nigel durch ihre Brille hindurch an. Die anderen Damen, derGruppe haben sich inzwischen aufgestellt. Nigel nickt. Er nimmt ihr die Kamera ab und drückt sie einem vorüber gehenden Kellner in die Hand. Gemeinsam grinst er mit ihnen in die Linse.

»Cheees«, brüllt der Kellner, um ihn herum kichern die Frauen verschämt und klick, klick. Das ewige Andenken an ihre Begegnung mit >ihrem< Superstar ist fertig.

Die Frauen winken ihm nach und Nigel verschwindet im Fahrstuhl nach unten.

Auf dem Parkdeck steht sein Aston Martin. Er schließt das Auto auf, steigt ein, gibt Gas und fährt in Richtung City.

***

Nervös wischt Delenn sich die Finger am Rock trocken. Sie blickt in die Runde. Mit ihr am Tisch, sitzen der Chef der Finanzabteilung der Stadt, der Abteilungsleiter, für Umwelt und Gartengestaltung und ihr Boss Wolfgang. »Frau Tardy, wir begrüßen Sie in unserer Besprechung«. Lächelnd reicht ihr der Finanzexperte die Hand. Delenn ergreift sie und reißt ihm fast den Arm ab. Schmerzvoll verzieht er das Gesicht.

Hinter dem Rücken schüttelt er verstohlen seine Finger aus. »Sorry, das wollte ich nicht.«

Delenn läuft puterrot an. Sie setzt sich und senkt den Kopf. Innerlich beschimpft sie sich. > *Du dämliche Pute, musstest du so zu packen?*<

Wolfgang stubbst sie in die Rippen. Erschrocken sieht sie auf. Ihr Boss beugt sich zu ihr und flüstert: »Denk daran, was für uns davon abhängt.«

»Darf ich Sie bitten uns ihre Vorstellungen zu erklären?« Der Umweltsenator erhebt sich, und tritt an den Sockel, auf dem Delenn ihr Model vom Piratenspielplatz aufgebaut hat. Mit dem Zeigestock erklärt sie ihre Ideen. Ein Spielplatz für Kinder, aus besten Materialien. Viel Holz, Seile und Netze alles zusammen verbaut in einem Schiff.

Zum Schluss stellt sie ihren Kostenplan vor. Die Herren am Tisch sitzen schweigend da. Delenn schaut in die Runde.

Dann geht ihr Blick zu Wolfgang. Unauffällig nickt er ihr zu. Gott sei Dank, endlich es ist geschafft. Die Präsentation ist ohne Stolperer über die Bühne gebracht.

Aufatmend steht sie neben dem Whiteboard und wartet.

Der Finanzchef tritt auf sie zu: »Wir bedanken uns für ihre Zeit. Nach der Beratung hören Sie von uns.«

Ehe sie es sich versieht, findet sie sich draußen auf dem Gang wieder.

Erleichtert lässt sie sich auf eine der Bänke fallen.

Zufrieden streckt sie die Beine aus und lümmelt sich hin. Sie denkt: ›*ist problemlos gelaufen. Obwohl ich michnicht an die Preisvorgaben halten konnte. Der Spielplatzwürde teurer werden. Viel Teurer. Qualität hat nun mal seinen Preis, redet sie sich zu.*‹

Delenn springt auf und wandert die Arme hinter dem Rücken verschränkt den Flur auf und ab. Ab und zu, bleibt sie stehen und drückt ein Ohr an die Tür. Sie lauscht.

Zwischendurch sieht sie auf ihre Armbanduhr. Der Zeiger scheint heute zu schleichen. Schließlich hat sie die Nase voll. Sie verlässt das Rathaus und steigt in ihr winziges Auto und fährt in die Firma.

***

Zufrieden mit der Vormittagsprobecruist Nigel die 105 zu seinem Haus entlang. Er lächelt vor sich hin. Wenn Georg wüsste, dass er sich in der Nähe von Rostock ein verstecktes Domizil geschaffen hat. Ihn träfe der Schlag.

> » Superstars leben auf großem Fuß, Superstars sind exzentrisch, Superstars besitzen Villen in Kalifornien und Appartements in New York. Sie wohnen nicht in einer winzigen und unbedeutenden Großstadt an der Ostseeküste.«<

Nigel bremst, fährt die kurze Auffahrt hinein und stoppt.

Sein Haus ist eine Windmühle. Alt und kalkweiß steht sie auf einem verwilderten Grundstück, abseits der Straße. Von hieraus ist es nicht weit in die Stadt, aber entfernt genug, um ihm das Gefühl von Ruhe und Abgeschiedenheit zu vermitteln.

Die Mühle war schon fertig umgebaut, als er sie kaufte. Ein Anbau fügt den zwei Räumen noch zwei weitere hinzu. Durch den Seiteneingang tritt er, in die Küche. Er nimmt sich aus dem Kühlschrank eine Cola. Das Getränk schießt zischend aus der Dose und hinterlässt auf seinem T-Shirt einen braunen Fleck, der sich sofort ausbreitet. Durstig trinkt er. Sein feuchtes Shirt stört ihn kaum.

Sorgfältig wäscht er sich gleich in der Küche die Hände.

Er verlässt die Küche und betritt den zu ebener Erde liegenden Wohnraum. Er ist rund, wie die Mühle. In der Mitte des Zimmers schlängelt sich eine Wendeltreppe nach oben.

Er tritt an den Notenständer und blättert die Seiten auf, dann nimmt er die Guarneri, und spielt. Zärtlich streift er mit dem Bogen die Saiten, während die Finger seiner linken Hand sie abwechselnd niederdrücken.

Warme, tiefe, schrille helle Töne erfüllen die Luft. Mal zwitschern Vögel, dann kreischt eine Möwe.

Der Rhythmus wechselt von langsam zu feurig schnell.Endlich findet er zu seinem Tempo. Die Augen geschlossen, verlässt er sich nur auf sein Gehör und die Gefühle in ihm.

Seine Finger fliegen über das Griffbrett, erzeugen gleichzeitig gestrichene und gezupfte Töne.

Der letzte Ton verklingt. Nigel legt den Bogen zur Seite, wischt mit einem weichen Tuch sein Instrument ab und legt es zurück auf den blauen Samt des Kastens. Schweißflecken zeichnen sich unter seinen Achseln ab. Er öffnet das Fenster, draußen, steigen Leute auf ihre Fahrräder und radeln davon.

Nigel grinst. Wieder einmal erfreute er Passanten mit einem gratis Konzert.

Heute Abend wird er das Caprice No. 24 spielen.